U0028651

那種可能性我早就想到了

その可能性はすでに考えた

井上真偽
Inoue Magi

目錄

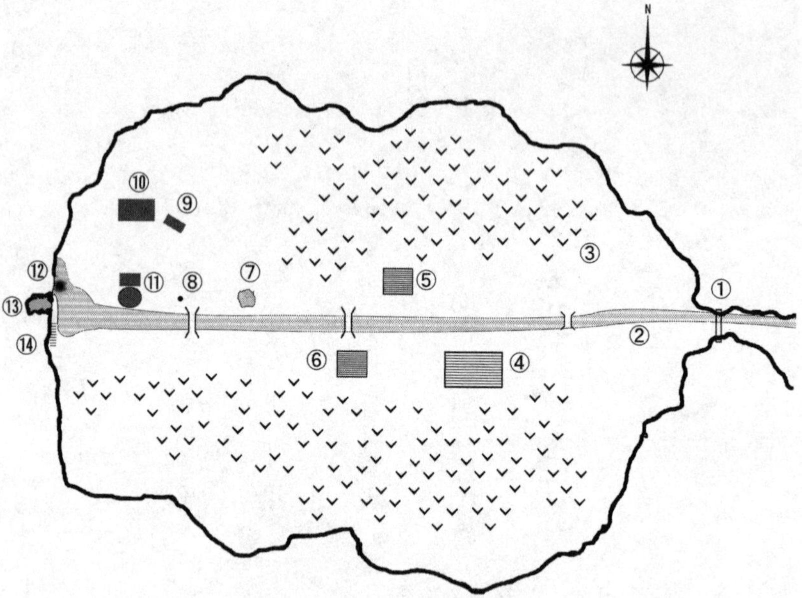

村莊示意圖

①洞門（出入口）
・一開始就被教祖炸毀。

②河流
・在地震發生後乾涸。

③田地
・發現時已全數燒毀。

④信徒宿舍
・在地震後崩塌。

⑤教祖住所及儲糧室
・必須經過教祖住所才能進入儲糧室。
・發現時已崩塌，無法取出食物。

⑥聖殿
・大廳後方有「祈禱室」。
・在此發現信徒的屍體三十一具。
・鐵製的門扉從外側鎖上。
・外側有火燒痕跡，但火勢未波及殿內。

⑦垃圾場（古井）
・沒有水。
・因滲穴現象深達六十公尺。
・發現時裡面沒有人。

⑧慰靈塔
・燒焦的木柱出現在水車附近。

⑨斷頭臺
・從臺上和刀刃檢驗出少年的血跡。

⑩豬圈和雞舍
・發現時已無豬和雞。

⑪水車和水車小屋
・發現時已毀壞。在此發現燒剩的麻繩和燒成焦炭的木柱。
・旁邊有板車。

⑫瀑布
・在地震後乾涸。

⑬祠廟
・有神棚和祭壇。祭壇已經崩毀。
・放置了食物。「藏小豬之處」有未拆封的脫脂奶粉。
・留有少女宰殺家禽的痕跡。

⑭通往祠廟的石階

第一章　吉凶莫測

悖入悖出。

這句話相當於日文諺語「不義之財留不住」。

此文出自儒家經典《大學》：「貨悖而入者，亦悖而出。」——意思是「用不義手段取得的財物，同樣會以不義的方式失去」。這種清高的論調聽在清廉正直的人們耳中，一定很中聽吧。

但姚扶琳不是個清廉正直的人。

她出身於地下社會，多的是不義之財，反正黑錢只要洗了就會變乾淨，洗錢的管道在澳門、新加坡、巴拿馬、哥倫比亞、美國德拉瓦州，到處都可以找到，拜數位化時代所賜，如今還多了比特幣和外匯這些門路可以選擇。

錢滾錢（利用錢來賺錢）——越是不義的錢財越好賺。這是她由衷的感想。

因此……

〈嗨，扶琳。不好意思，能不能再借我兩百五十萬？〉

存不存得了錢，是取決於「花錢的方式」。

〈喔，妳可別誤會喔，我不是要拿去賭，而是為了驗證上次那個『土石掩埋詭計的假設』，需要買表面波探查裝置。這種設備可以檢測出十公尺深的LR波……〉

……這個蠢蛋，竟然又要為這種無聊事情花上兩百五十萬。

光看投資報酬率的話，把這些錢拿去賭博還比較划算。透過手機聽到這位偵探別開生面的開銷理由，讓她覺得有些暈眩。

「……你傻了啊？何必自己買器材，只要委託調查公司去做就好了，那樣肯定比較省錢。」

〈由於各種理由，不能讓業者進入現場，我只能自己測量……哎呀，別抱怨了啦，扶琳，我還找熟人買淘汰的中古貨，已經盡量壓低價格了，如果買新的要花四百萬耶。〉

「既然是熟人怎麼不免費借你用……」

扶琳不屑地搔頭，啣住她心愛的菸管。

「既然我掛著金融業的招牌，你來借錢我還是會借給你。可是上苙，你知道自己總共向我借了多少錢嗎？」

〈當然。呃……一億……兩千萬？不對，三千萬……？〉

扶琳用她的三白眼翻了白眼。真不想把錢借給會把債務搞錯上千萬的人。

「是一億四千兩百三十一萬。下一次的利息是一百七十五萬，付款期限就是下下週。在這種情況下你還打算借錢嗎？除非最近預定會有什麼臨時收入……」

〈沒有。〉

她真想把手機摔到牆上，但是想到還要花錢修理就作罷了。

「這樣啊，那還真是遺憾。不然我介紹認識的黑市醫生給你吧，應該會有無聊的有錢人想要高價購買你的眼珠，你放心吧。」

〈等一下等一下，扶琳……別這麼沒耐心嘛，現在就放棄我可不是聰明的做法喔。〉

雖然他故作輕鬆，聲音卻拔尖了。

「對了，那我幫妳做一件足以抵銷一次利息的工作吧。妳最近不是說妳找一位數學家開發軟體，對方卻捲款潛逃，雖然找到了他的祕密帳戶，卻不知道提款密碼，對吧？」

她瞇起眼睛。

「……我的確這樣說過。然後呢？」

〈帳戶是臺灣的銀行，密碼是六位數。密碼當然只有他本人知道，不過他在常去的餐廳跟女店員玩的猜謎遊戲之中透露了一些訊息──『１３３６６１是錯的，１３３６６７可以抵達，１３３６６５會陷入永遠的漂泊。』〉

「是啊，這傢伙真是個大笨蛋，誰會跟逢場作戲的女人隨口提起這麼重要的個人資料啊？一點危機意識都沒有。而且拿數學知識去搭訕女人鐵定會碰壁的，也只有理科男才會踩到這種地雷。」

〈扶琳，這個提示的答案是卡布列克數。〉

「什麼？」

〈卡、布、列、克、數。〉

對方一字一頓地重複了一次。

〈把某數的每一位數重新排列，用最大值減去最小值，如果等於原來的數，這個數就是卡布列克數。我用實際的例子來說明吧，比如說四位數的卡布列克數是6174，把這四個數字重新排列，最大值是7641，最小值是1467，兩者相減之後，妳看，就等於原來的6174了。怎樣？很好玩吧？〉

她吸著菸管苦笑。一點都不好玩。她才剛說完那個忠告，他都沒有聽進去嗎？不過，他的無謂賣弄倒是讓她有些好奇，為什麼這男人的腦袋裡裝了這麼多沒用的知識呢？

〈卡布列克數還有另一種定義，但我這次要說的只有這一種。這個數最有趣的地方，就是用任何四位數做這種『最大值減去最小值』的計算，最後的結果一定都是6174。妳可以自己試試看……啊，不過數字完全相同的情況除外喔，像1111這種就不行。

順帶一提，三位數的卡布列克數是495。二位數和五位數沒有卡布列克數，只會得到一串循環的數字。至於六位數……〉

他停頓片刻，想要製造強調的效果。

〈結果一定是「兩個卡布列克數的其中之一」，或是落入一串數字的「無限迴

圈」。〉

——這傢伙果然學識淵博。

不只是數學，從一切文科理科的知識到時事及生活雜學，他都無不涉獵，涵養豐富又聰慧敏銳，雖然堆積在他大腦裡的資訊多半是無用武之地的垃圾，但因他是個偵探，這些垃圾有時還是能發揮出意想不到的效用，所以也不算是全然的垃圾。

但是……

聽過「拶指」這個詞彙嗎？

〈說到這裡妳就懂了吧，提示的數字有三個，一個是正確的，一個是錯誤的，還有一個是無限迴圈。沒錯，這提示指的就是六位數的卡布列克數。〉

還有「夾根」、「老虎凳」、「騎木驢」、「鳳凰晒翅」、「驢駒拔橛」、「仙人獻果」、「玉女登梯」……

這些都是從神話時代傳承下來的邪惡傳統。中國的歷史是很悠久的。

是啊，找出真相的方法並非只有推理。

〈再來只要計算就行了。可以求出正確答案的是『１３３６６７』，依照卡布列克數的計算方法，重複地用最大值減去最小值，最後會得到一個不再變動的數字，那就是我們要的密碼……我想妳一定沒在聽，我乾脆直接告訴妳答案吧。那個數字就是……〉

「６３１７６４。」

兩人的聲音在話筒邊重疊合一。

片刻沉默之後，扶琳，偵探佩服地說：

〈真有妳的，扶琳，妳已經算出來啦？得計算三次才能得出這個答案呢，真不愧是算錢的高手。〉

她握住菸管的斗部，默默地呼出紫煙。

……我的確很擅長算錢，不過這次並不是算出來的，而是早已知道答案。因為這個數字……

她朝地上的肉片瞄了一眼。「凌遲」，這是我國自古流傳下來的酷刑——從活人身上割下一片片的肉，緩慢地把人折磨至死。

剛才說的那些刑具和刑罰或許很少人聽過，但凌遲之刑的殘虐可是世界聞名的。受刑時的痛苦簡直無法言喻，犯人多半不會求饒，而是懇求快點死。

事實確是如此。

割下第六片腿肉之後，他就供出這個數字了。

在廢棄的海產加工廠的一間倉庫裡，她不經意地看著不鏽鋼工作檯如鏡子一般映出自己的臉孔。

在視野的一角，有幾個穿著橡膠圍裙的清潔工正拿著專門的工具賣力工作，動作熟練又俐落。她認識這些人很久了，卻還不知道他們的名字。

〈……扶琳？喂，妳在聽嗎？扶琳？〉

手機傳來的聲音喚回了她的注意力。

她甩甩頭，又跟偵探說幾句話，就掛斷電話了。

……糟糕。

她把畫面變黑的手機放在旁邊，口中嘖了一聲。被那傢伙用解謎的酬勞抵銷了一個月的利息。她真是太好心了，竟然沒有說出「這件事已經解決了」，駁回對方的要求。

不過，在這緊張耗神的生活中，有時也該疼愛一下寵物，適度放鬆心情。

這事就算了吧。她向來厭惡無益的浪費，卻不是個無心的木頭人，她也喜歡飲酒作樂及奢侈享受，雖然她沒興趣為了無聊的賭博和無意義的遊戲散盡寶貴的資產，但是……

偶爾把錢花在荒唐的興趣也不錯。

＊　＊　＊

鼾聲大作，一個藍髮的男人躺在沙發上睡午覺。

那副呆樣真是惹人不悅。這傢伙一點都不了解別人的感覺。就算無須用到剛才說的凌遲，看來還是有必要想個方法整頓一下這張痴呆的睡臉。

要給他刺青嗎？還是割掉鼻子？或是仿效明末流寇張獻忠的做法，處以被狗嗅到的人就殺掉的「天殺」之刑？要去附近找隻野狗丟進這間事務所嗎……

正當扶琳在心中盤算著可怕的念頭時，這位偵探正好吹破一個鼻涕泡泡，醒了過來。

「嗨，扶琳。幹麼大白天的就擺出劊子手般的恐怖表情？」

「……我是來給你送輓聯的。」

扶琳如同看著被車輾過的青蛙似地露出不屑眼神，把一張紙遞給躺在沙發上的偵探，那是期限將近的借據，金額欄位裡的零多到讓人懶得數。

偵探依然文風不動地枕著自己的手臂，望向那張紙。

「……這個月的利息不是結清了嗎？」

「是啊，但我的大恩都被你糟蹋了。這債權是我昨天向龜戶的小劉買來的，你都不知道自己差點就要被賣到泰國的妓院了。你到底向多少人借了錢？」

偵探恍惚地望著天花板，嘴裡像誦經一般念念有詞，一邊折著手指計算。扶琳見他用到兩隻手時就放棄了。即使送珍珠給豬，豬也不會懂得珍惜。

「……夠了。我要整合你欠下的債務，你把債權人和金額列成清單交給我，由我負責去談。」

偵探一聽就像陶偶似地呆呆張著嘴巴。

「天……」

「天？」

「天使啊，扶琳，妳真是個天使！沒想到妳竟然會為我頂下債務……」

「誰要頂下你的債務？我說的是整合債務，當然還要加上一些手續費。還有，今後你不准再向我以外的人借錢。」

「哈哈，別害羞嘛。妳終於有了正常人的體貼之心，我可是由衷地為妳感到高興。看妳這麼不好意思，我就送妳一段耶穌教誨法利賽人西門的聖經章句吧──『被赦免五十兩銀子債務的人會比被赦免五兩銀子債務的人更感激債主。』這句話真是出奇地符合現在的狀況啊！所以，扶琳，妳就爽快地免除我所有的債吧……」

「你究竟要胡說八道到什麼時候？就算基督復活了也不能赦免你欠我的債。如果你敢倒我的帳，我就先凌虐你一頓，再把你的肚臍插上燈心，晾在荒野三天三夜。」

扶琳朝偵探的小腿踢了一腳，趕他起床洗臉，然後自己開冰箱取了一罐啤酒。她冷眼看著偵探睡眼惺忪地寫起債權人名單，坐在客用沙發上悠哉地喝起酒來。

東京都杉並區，丸之內線南阿佐谷站附近。

這間死氣沉沉的事務所位於一棟老舊商業大樓的二樓，玻璃窗上的商標已經斑駁，天花板結了蜘蛛網，漏水，歪曲的窗框，破掉的日光燈……

真不知道這事務所到底有沒有營業的意思，不過給了這裡的業主一億元以上融資的她或許才是最瘋狂的。

這裡的業主名叫上苙丞，是個能力出眾卻又背負著諸多隱情的偵探。

＊＊＊

扶琳一邊喝著罐裝啤酒，一邊打量這間事務所。

真是個樸素的空間，狹窄的客廳裡放著單調的鐵桌，旁邊是廁所和流理臺，還有一架款式過時的中古冰箱。

最顯眼的就是成排的書櫃，裡面擺滿了各式各樣的資料，諸如艱澀的學術書籍、文學及藝術類、世界各國的報章雜誌，以及漫畫書。這些包羅萬象的藏書想必就是這個男人淵博知識的來源。

其中最引人注目的，就是占據了一整個書櫃的灰色雙孔資料夾。

那些資料夾收藏的是古今東西所有發生在地球上的「奇蹟現象」檔案。

「不對……」

拿著原子筆伏案寫字的偵探不滿地抱怨起來。

「這不是我該做的工作，我的推理能力才不是用來回想自己的債務……」

扶琳嗝出啤酒中的二氧化碳。

「胡說什麼，剛才明明還在呼呼大睡。即使你再有能力，放著不用還不是跟沒有一樣？就當作是剛起床的醒腦運動吧。」

「我睡午覺又不是在偷懶，午餐後小睡片刻可以提升下午的工作效率……」

「我已經說過了，不管你再怎麼提升效率，沒工作讓你發揮又有什麼用？別拖拖拉拉的，快用你那提升效率的腦袋寫完那張罪孽深重的清單，接下來還有身體的運動，你要去車站前發傳單……」

扶琳邊說邊起身，從偵探的桌上拿起事務所的傳單，隨即發現上面有一行不太對勁的文字。

「……招募助手？上苙，你多注意一點嘛，這份傳單印錯了。」

「喔喔，妳說那個啊，不是啦，我只是覺得偵探應該要有一兩個助手才對。妳想想，像現在這種時候……」

扶琳用誇張的嘴型說道：

「你、這、傢、伙！也不想想自己背了一億多圓的債務，還敢奢望雇用員工？雖說借了一億多圓，但那些錢早已像打水漂一樣有去無回了！連下個月的利息都不知道付不付得出來，你哪有薪水發給人家啊！」

「薪水……喔，薪水嘛，只要有幹勁和毅力，想要多少薪水都行，因為是完全抽成制……」

「完全抽成制！」

她想要冷靜下來，反而噴出一口啤酒。這是什麼黑心企業的經營理念嗎？連出身中國黑社會的她都覺得黑心，這個男人的陰毒還真不能小覷。

「……事務所採用完全抽成制會涉及法律問題，還是要有基本薪資才行。你若是被勞工局盯上了，我也不好辦事。再說我才不覺得有誰會來條件這麼苛刻的事務所應徵……」

就在此時，事務所的門鈴叮噹響起。扶琳回頭望去，有個年輕的黑髮女人戰戰兢兢地從半開的門後偷看。

她的手上拿著一張A4傳單。

「不、不好意思……我是看到這張傳單才來的……」

「沒搞錯吧？」

扶琳不由得翻起白眼，偵探對她擺出一副「這不是來了嗎」的表情，得意洋洋地站起來，踩著輕盈的腳步，張開雙手迎接那位女性。

「唷唷唷，歡迎妳啊！只要有幹勁和毅力，不論男女老少都OK！工作時數和上班日可以再討論，沒問題的話就從星期一……」

「咦？那、那個，這裡是偵探事務所沒錯吧……？」

年輕女人一副摸不著頭腦的模樣，握住偵探伸出來的手。

「我是來委託工作的……」

原來只是個客人。

＊＊＊

這女人名叫渡良瀨莉世。

從外表看來大約二十歲上下，有一頭瀏海及眉的烏黑長髮，穿著色如灰土的卡其外套，妝化得很淡，身上的裝飾品只有耳垂上的花瓣狀耳環。她雖然年輕，打扮卻一點都不花俏。

偵探把委託人請進客廳，自己端出了茶和點心。

扶琳看到偵探用乞求的眼神暗示她去泡茶，但她視若無睹，依然站在窗邊喝啤酒。我都借你錢了，憑什麼還要我當你的祕書？

委託人一臉怯懦地拿起茶杯，交互打量著偵探和扶琳。

「怎麼了嗎？」

偵探如此一問，她就紅著臉低下頭。

「對、對不起……因為你們兩位都很好看……老實說，我剛才還以為自己走進了模特兒事務所。」

這位委託人說得沒錯。

光看外表的話，這個放蕩不羈的偵探的確是個膚色白皙的碧眼美青年，五官如人偶般優雅，皮膚細緻到不像男人。此外他的眼睛還有虹膜異色症，右眼是翡翠綠，左眼是土耳其藍，這種不平衡的感覺其實非常搞笑。

光是這些已經讓他跟熊貓一樣引人注意，但這偵探不知發什麼神經，還把頭髮染成藍色，戴著白手套，而且總是穿著紅包袋似的大紅長外套。中國人在喜慶時都要布置得紅紅火火，所以這種顏色看在扶琳眼中只有吉祥的感覺。

而扶琳自己也被人稱讚過「花容月貌」，只是身高和胸部的尺寸有點超過。她開始反省自己是否仗著天生麗質懶得保養，以致最近身材變得比較豐腴。

「……那妳要委託的工作內容是什麼？」

偵探輕鬆地切入正題，渡良瀨嚥下口中的東西，低頭看著手上的茶杯。

她猶豫了一陣子，扶琳都喝下好幾口啤酒後，她才猛然抬頭。

然後顫聲說道：

「那個……我可能殺了人。」

＊＊＊

窗外咻咻作響，電線劃破了風勢。

……是要找人幫忙處理屍體嗎？

扶琳劈頭就想到這點，可見她的守法意識還不足夠。其實仔細想想就知道，這種工作不可能委託給掛著招牌正經營業的合法偵探事務所。

偵探示範了正確的解讀和回答：

「也就是說……妳在一樁凶殺案中惹上嫌疑，但妳沒有犯罪的自覺，所以希望我來推理妳『是不是真的殺了人』，是嗎？」
「是的……就是這樣。」
「那是最近發生的事嗎？」
「不……是很久以前的事，已經過了十幾年……」
渡良瀨遙望著窗外的電線。
「警察當然都調查過了，就算我真的做了什麼，依照我當時的年紀也不會被判刑。我只是……」
她閉起眼睛，彷彿在傾聽風聲，好一陣子都沒開口。
「我只是很想知道，當時『究竟發生了什麼事』。」
原來是陳年往事。扶琳本來還在想如果要洗刷冤情應該去找律師，聽到這裡才明白為什麼她要來找偵探。
不過這種委託還真奇怪。挖出那麼久遠的真相既沒有好處也沒有壞處，除了自我滿足之外，還有什麼意義？
委託人在胸前緊緊握住雙手，不安地看著偵探。
「……是不是很難？」
「不……在聽完詳細情況之前都說不準，我還調查過一百年前的案件呢。總之得看當時的資料和相關人士的記憶還保存了多少。」

「相關人士……只剩我一個人了。至於證據，警方那裡應該有調查紀錄……」

「妳還記得多少事？」

「有一些片段的畫面還記得很清楚。」

委託人露出哀求的眼神說道。

「這好像叫作照相式記憶……我的記憶中只留下片段的畫面。此外，案發之後每當我想起了什麼，都會詳細地寫在日記本上。

但是最關鍵的部分一直想不起來……醫生說這是因為我當時受到了太強烈的心理衝擊……」

「妳是指……關於妳有沒有殺人的部分？」

「是的。」

「可是事情都過了十幾年，為什麼妳現在才……」

「因為錢的緣故。為了找偵探調查，我一直努力工作存錢，直到最近才存夠……」

她好像突然想到似的，匆匆打開包包拿出一個信封。

「對了，現在就要開始算談話費了嗎？我的存款全都在這裡，如果這些還不夠，剩下的我可以分期付款……」

「喔喔……不用，談話是不收費的。」

偵探把信封推回去。

「我要先了解一下妳對那件事的記憶，才能決定是不是要接下這份工作，在那之後再來談收費吧。」

「謝謝你……對不起，我不是個有錢的客人……」

她低頭鞠躬。這人也太客氣了，幹麼為這種事道歉呢？

扶琳從她敞開的袋口瞄到了存款簿。看來她真的把存款全帶來了，她這麼想知道過去那件事的真相嗎？扶琳不理解這位委託人的心情，不過工作就是工作，錢就是錢，再說這間事務所的財務如此窘迫，現在能多賺一塊錢也是好的。

委託人小心翼翼地把信封放回包包，然後低下頭去，用拇指按著手掌，像是努力地鎮定情緒，垂下的黑髮如簾幕遮住了她的側臉。

好一會兒她才抬起頭，面色凝重地說起往事。

「我要開始說了……那是我小學時代的事，當時我住在某處的深山裡……」

＊　＊　＊

——我記得最清楚的是水車。

那是鐵製的、大到可以讓人鑽進去玩耍的水車。靠著流經村子的河水晝夜不停地轉動，晴朗時轉得慢，下雨後轉得飛快。

這個玩具到底是用來幹什麼的？

她好奇地詢問身邊的少年，他笑著說：

「莉世，那是用來工作的。」

「工作？」

「是啊，可以用來磨麵粉、碾米、發電……」

「發電？」

「就是製造電力。」

接下來的解釋太複雜了，莉世聽不太懂。這個像是高中生年紀的少年經常說出她不明白的詞彙。

總之這個裝置可以利用水車的旋轉動力來製造電力儲存起來。但她還是覺得很奇怪。為什麼要製造電力呢？村子裡又沒有電視、電燈和微波爐。

「有冰箱啊。因為我們的村子在盆地裡，風完全吹不進來，所以空氣非常溼熱，尤其現在是夏季，肉放個幾天就壞掉了，就算做成肉乾和醃肉也很容易做壞，所以一定要有冰箱。莉世沒有進過儲糧室，應該沒看過冰箱吧。」

這裡竟然有冰箱。這令莉世非常吃驚，她還以為一切方便的東西都不可以用。

「那麼……也可以做冰淇淋囉？」

「冰淇淋啊……牲畜是我們這個團體負責管理的，所以有辦法拿到雞蛋，但是牛奶和砂糖就……」

儲糧室的鑰匙和食物都受到嚴格的管控，少年當然不可能輕易地拿到食材，不過莉世還是很高興他這麼認真地思考，在村子裡如此真心待她的也只有這位少年了。

附近傳來了叫喊聲。山坡上的豬圈旁有幾個大人朝他們揮手，少年一看就朝莉世伸出手說「我們該走了」。莉世慢慢地握住他的手，依依不捨地回頭望了旋轉的水車一眼。

在這個村子裡，所有人都沒時間玩耍。休息時間只有午後的一個小時和睡前的兩個小時，除此之外總是有工作要忙，一個星期只能休假一天。

孩子的待遇也和大人一樣，話說回來，這個村子裡的孩子只有少年和少女兩人。總而言之，「誰若不願意工作，就不應當吃飯。」——這是新興宗教「血之救贖」（**Apolutrosis**）所奉行的規矩。

＊　＊　＊

「……新興宗教？」

扶琳挑起眉梢。這詞彙一聽就覺得很可疑。

委託人神情難堪地低下頭。

「是的。你們知道嗎？那裡以前發生過一些事，新聞也有報導過……」

偵探點著頭說：

「喔喔，妳說『血之救贖』啊……可是，渡良瀨小姐，我記得那個案件的倖存者是……」

「是的，就是我。小學生年紀的少女。」

「果然是這樣。這麼說來，妳剛才提到的少年就是在那次事件裡……」

「您說得沒錯。」

……這兩人怎麼自顧自地聊起來了？反正負責查案的是偵探，跟扶琳沒有關係，但是無法加入話題還是讓她很不高興。

「上笠，那是個偏激的邪教組織嗎？」

「要說偏激的確很偏激，但他們並不是暴力的邪教組織，個性還算挺溫和的。他們的教義融合了亞米胥教派和神道……」

「亞米胥？」

「那是基督新教的一個支派，遵從自給自足的古老生活方式。」

一逮到機會，偵探馬上搬出難得派得上用場的雜學知識。

「他們盡可能不用電力和工業產品，保留了剛移民時的生活方式，美國賓州和加拿大安大略省至今依然有很多信徒。不過他們最近好像也開始用智慧手機了……」

所以就是樂活主義的加強版吧？扶琳比較懂了。水車發電、沒有電視，這聽起來像是開發中國家的狀況，只是那些人的情況並不是缺乏基礎設施造成的，而是思想使然。

「亞米胥教派是思想很健全的團體，一點都不危險……他們的生活方式反而有很多值得現代人學習的地方。

至於出事的宗教團體『血之救贖』，只是模仿了亞米胥教派『不依賴現代技術』這種枝微末節的地方。而神道就是日本的神道，會想到把一神信仰的基督教和多神信仰的神道摻在一起也挺厲害的。總之這個宗教組織的教義只是汲取別人的理念拼湊出來的，在歷史短淺的個人創始新宗教之中，這是很常見的情況。」

簡單說就是個胡亂組成的宗教吧。扶琳倒是有點好奇：那他們認為神有多少個？

「……我懂了。打斷你們真是不好意思，請繼續吧。」

委託人點點頭，又說了下去。

＊＊＊

她是在國小入學不久之後來到這個村子的。

有一天，母親突然對她說「要搬家了」，然後帶她來到這個地方。她還記得剛來時每天都在哭泣，一直在旁邊安慰她的就是剛才提到的少年——堂仁。

他大概是高中生的年紀，和她一樣只有媽媽，也和她一樣都是被媽媽強迫帶來的。不過他的情況和她不太一樣。

「我媽拿著菜刀抱著我哭……說要不就一起死在這裡，要不就一起去過新的人生。如果我想逃一定逃得掉，可是我又不忍心丟下她……」

她還記得聽他說過這些話。當然，她當時並不明白這些事有多沉重，只覺得說出這些話的少年有一種不符合年齡的成熟。

不過，在這地方真的可以得到新的人生。

在這村子裡，信徒的過去都被抹消了，彼此之間只知道教祖幫他們取的「聖名」，教規還嚴格禁止打聽別人的底細。現在想想就知道，其中一定有很多犯過罪的人，所以這個組織就像是罪犯的更生設施吧。

那自己的母親到底做了什麼呢？她直到現在都不知道。

在這個氣氛如雨雲般沉重的村子裡，只有堂仁一個人像太陽一樣開朗而溫暖。

而且他非常聰明，譬如村裡的水車壞掉時，他獨自一人從頭開始重新設計，造出了更堅固的水車。信徒都要穿一種類似巫師袍的制服，但成人和孩子的顏色不同，在穿著紅色教袍的成年信徒之中，只有他一人穿著孩子的白袍和眾人交談，看起來精神抖擻，非常帥氣，就像是純白的天使在向一群笨拙無能的火紅惡魔訓話。

在少女稚嫩的心中總覺得疑惑，像他這樣的男孩子怎麼會待在這個村子裡？他遲早會離開這裡——她打從一開始就隱約有這種預感。

事實上，堂仁已經想過很多逃出村子的方法了。

這村子位於深山，四周圍繞著高聳的山崖，唯一的出入口是村子東邊的洞窟，他們稱之為「洞門」。洞口擋著一扇巨大的鐵門，只有每個月數次的「交易日」才會開啟。

村裡的大人們說過，建造這個村子時，還在山崖上裝了感應器。總之想要逃走應該不容易，某天莉世提起這件事，少年就堅定地回答她：

「這個村子確實跟監獄一樣，山崖的高度至少有三十公尺，而且岩質脆弱，沒辦法攀岩。村裡也沒有多少能用的材料，不能製作梯子或高臺。

麻繩和網子倒是多得用不完，但又沒辦法牽到山崖上。我以前想過可以利用弓把繩子射上去，所以試著做了弓箭，結果還是射不到那麼高的地方……」

因為村裡曾經發生過火災，如今房子和欄杆都是用不易燃的石材和金屬建造的，沒有足夠的木材能製造很高的梯子。用來祭奠家畜的「慰靈塔」和祠廟前的「鳥居」雖是木造的，但若真的拆了這些建築鐵定會挨打，再說慰靈塔的高度不到山崖的一半，鳥居也只有剛好容一個成年人穿過的高度，兩者的木料都不夠長。

「我又想到可以利用爪鉤之類的東西，但是手製的弓力量太弱，而且以前也有信徒試過用弓箭把繩子射到山崖上，教團的人已有防範，早就砍光了崖上的樹木和藤蔓，還在地面鋪了石膏，讓箭射不進去……我真的是一籌莫展了，難道這裡是惡魔島聯邦監獄嗎？」

莉世不知道他說的監獄是什麼樣的地方，不過少年說出這句話時帶著愉快的笑容，所以她也跟著笑了。

「不過，我相信一定有辦法逃出去，譬如……糧食的管控很嚴格，但是用來爆破捕魚的炸藥卻很容易拿到，或許可以利用炸藥做出比弓箭更有力的發射道具。而且我一直努力幫大人設計東西，很快就會升上幹部了，到時我就能加入『交易』的商隊走出村外，還能得知只有教祖和幹部才知道的感應器位置，那就有更多逃脫的機會了。剩下的問題是我媽，如果我直到最後都說服不了她，也只能放棄了……」

少年嘴上這麼說，但眼中還是充滿了信心和希望。莉世見他這副模樣，就覺得他一定會成功，因為他什麼都做得到。不過，她的心底卻浮出了一個不安的念頭。

──那我呢？

「我……我也想和你一起走。」

聽完少年的計畫，莉世忍不住說出這句話。少年露出訝異的表情，他發現了莉世的擔憂，就抓亂她的頭髮，笑著說：

「我當然會帶妳一起走啊。妳這個小傻瓜，難道妳以為我會丟下妳嗎？」

她聽了立刻低下頭，露出微笑，心中覺得暖洋洋的。太好了。不管逃不逃得走，看到少年理所當然地把她列入計畫比什麼都令少女開心。

雖然如此，其實少女並不討厭這裡的生活。

村裡的生活確實很不方便。這裡是四周圍繞著高聳山崖的深山祕境，出入口只有被大家稱為「洞門」的東側洞窟。

在這裡玩耍的時間和玩具都很少，放眼望去全是大自然。可以看到美麗日出的西崖祠廟，如一匹白布懸掛在廟旁的瀑布，往東筆直流去的河水，還有水車小屋和旋轉不停的水車，青翠的田地有時看起來也很美。

此外還有信徒的宿舍、畜舍、做為教祖住所兼儲糧室的建築物、信徒用來祈禱及修行的聖殿，每棟都是方方正正的石造建築，看起來有些單調。氣候冬冷夏熱，風又吹不進來，溼熱的空氣不只腐化了食物，也腐化了人們的心情。

但是，這些東西對於維持生活已經綽綽有餘。

包含教祖與信徒，村裡共有三十三人（其中穿白袍的孩子只有堂仁和莉世兩人），他們不需要擔心糧食的問題，因為這裡有河流和田地，還養了豬和雞。若是這樣還不夠，幹部們每月都會到村外「交易」幾次，載著農作物出去的推車都會載著好幾倍的商品回來，這看在莉世的眼中就像魔法一樣奇妙，想必幹部之中一定有很會做生意的人。

這裡當然也有她不喜歡的地方。村裡的大人們都很沉默寡言，氣氛非常嚴肅，除了星期日和特別的節慶之外每天都在工作，很少有機會吃到甜點，而且食物受到嚴格的管控，儲糧室位在教祖住所後方，教祖隨時隨地都把鑰匙帶在身上。以前教祖的住所和儲糧室是分離的，但後來發生了信徒溜進儲糧室的事件，此後教祖都很小心防範。

信徒從儲糧室搬食材出來時，教祖一定會站在門口檢查種類和分量。她覺得教祖真是個小氣鬼，但又不敢說出來。

不過，她很高興每天都能在固定時間吃飯，雖然用餐時也很安靜，能和這麼多人一起吃飯還是很愉快。工作只要熟練了就會覺得很簡單，再怎麼樣都比獨自一人被丟在公寓裡更好。

最重要的是，這裡有堂仁在。

＊＊＊

某天，少女獨自打掃著豬圈。

她不小心讓一隻豬跑掉了，堂仁碰巧從外面經過，就把豬從山丘上抓回來，這是值得慶幸的事，但她的小計畫也因此洩漏了。

「莉世，這隻豬沒有號碼牌耶，怎麼回事？」

村裡養的豬不取名字，而是從一開始編號，一般會把號碼牌放在項圈的名牌夾裡，這隻豬的名牌夾卻是空的。

莉世戰戰兢兢地，把手上的方形名牌默默地遞給少年，上面只用電子時鐘般的方正數字寫了「12」。

「嗯？妳為什麼把12號的牌子拿出來？」

少年接過牌子，打橫一看，又看看莉世，她沉默地低下頭。

「啊哈哈……妳是要換掉牠的號碼嗎？因為接下來要被吃掉的是『12號』。」

莉世失落地點頭。給豬編號沒有特別的用意，只是習慣上會照著號碼順序殺來吃。而接下來要宰掉的12號是莉世最喜歡的一隻，所以她才想要換掉號碼牌，延後牠被宰的時間。

「妳很喜歡這隻12號嗎？」

莉世又點點頭。少年「唔」地沉吟一聲，沒再多問，把號碼牌還給莉世。

「如果妳希望的話，我可以假裝沒看到……不過這隻豬到底有什麼特別的地方？在我看來每隻都一樣啊……」

一直板著臉不說話的莉世至此才露出笑容。還好發現的人是少年，若是被嚴守教規的大人看到，一定不會放過她，被媽媽發現的話鐵定還會挨打。

兩人用板車把逃走的豬推回豬圈。之所以要使用板車，是因為他們又推又拉，豬還是一步都不肯走。

莉世頗受打擊，虧她這麼疼愛12號，牠卻一點都不懂得為她著想。但堂仁說豬是「膽小的動物」，只要環境稍有變化，牠們就會像石頭一樣僵立不動。少年安慰她說「牠一定感受得到妳的愛」，但是莉世看到12號一邊把鼻子伸進飼料槽一邊還用戒備的眼神盯著她，就覺得這話不是真的。

無所謂。莉世心想。反正懂得回報她關愛的對象還有眼前的這一位，以及「另一隻」。

＊＊＊

信徒稱為「拜日祠」的地方在瀑布附近。

西邊山崖的半山腰有個自然形成的洞穴，可以從崖邊的石階爬上去。祠廟裡面的「神棚」收藏著神靈棲息的御神體，後面是一個以門扉隔開的岩穴，中央擺著紅布裝飾的豪華「祭壇」，祭壇前矗立著約一個成年人高度的小型「鳥居」。

祠廟是神聖的地方，平時禁止信徒進入，只有一個人除外，那就是負責每天更換鮮花和供品的「巫女」。

擔任「巫女」之職的就是她，莉世。

小豬脫逃隔天的清晨。

她像平時一樣，大清早就在「拜日祠」工作，突然意識到門口有人。她猛然回頭，卻因逆光而看不清楚那個人的臉。

「是誰？」

人影發出笑聲。她一聽就知道是堂仁。

「怎麼了，堂仁？你不可以擅自進來啦，會挨罵喔。」

「沒事的，只要說是莉世請我來修理祭壇就好了。不過妳膽子可真大，竟然偷偷養了那個……」

影子動了起來，指著莉世的腳邊。她低頭一看，地面暗得看不清楚，她凝神看了一陣子，才發現有個小小的東西在動。

「啊！」

她驚慌地彎腰抱起地上的「那個」，一條彎彎的尾巴從她的手臂之間露出來。

那是一隻可愛的小豬。

被發現了。不久之前「11號」生了小豬，她偷偷帶了一隻出來，養在這裡。

那隻「11號」已經病死了，同時出生的其他小豬也都死了。莉世一直把她分配到的脫脂奶粉悄悄地拿來餵小豬吃，小豬或許因為吃得不夠多，發育得有點慢，但至少還是健健康康的。

「……別說出去喔。拜託你不要告訴別人。」

「我不會說的。」

「尤其是我媽媽，絕對不能說。」

「我保證不會說啦。」

除了病死的「11號」和這隻小豬之外，每隻豬都會無一例外地照著順序被宰來吃，所以這隻健康的小豬若是被發現，一定也會被編上號碼，等著被吃掉。除了堂仁之外，這隻小豬是莉世唯一的朋友，她實在不希望看到朋友被吃掉。

「不過，莉世，再這樣下去很快就會被人發現喔，因為這裡會舉行殺豬之前的『奉獻儀式』……」

在莉世的村子裡，家畜殺掉之後不會立刻煮來吃，而是要先把肉拿來祠廟供奉給神明，淨化了牠的靈魂之後才能吃。

下一次舉行儀式的日子就快到了，但也不能因此把小豬帶回宿舍。村子這麼小，不論藏在哪裡都很容易被人發現。

兩人苦思良久，最後還是決定藏在祠廟裡。他們在祭壇下弄了個「祕密空間」，舉行儀式的時候可以把小豬藏進去。這當然也是少年的主意。莉世擔心很快就會被發現，但少年說「燈塔下是最暗的」，或許這樣真的行得通吧。

祭壇分成上下兩層，覆蓋著光澤亮麗的紅布。

高度和莉世的身高差不多，上層擺著精緻的日本刀和刀鞘，以及用黑布蓋住的鏡子，下層放的是花瓶和供品。莉世每天早上來更換的就是放在下層的東西。

日本刀是在「奉獻儀式」之中用來切肉的，鏡子只是裝飾品，但這面鏡子是上下翻轉式，很容易失去平衡，稍有震動就會倒下，莉世幫花瓶換水時經常弄倒鏡子，她每次都很擔心會把鏡子打破。

祭壇乍看好像很沉重，但只要除去裝飾的東西，本體其實非常輕。

「這個祭壇是用保麗龍做的。因為缺乏材料，所以只能隨便做一個。我覺得不該用裝過食物的保麗龍箱來做祭壇，不過教祖覺得只要洗乾淨就好……」

原來這祭壇也是少年做的。多虧如此，他們才能輕鬆地搬開祭壇，但莉世還是有點擔心這樣會觸怒神明。

少年在祭壇下挖了個洞，試著把小豬放進去看看。小豬一到暗處就安靜地趴著不動，看來應該不用擔心牠會製造聲音或震動。

他們又把祭壇放回原處，但莉世忘了蓋上鏡子的黑布，直到堂仁提醒才想起來。莉世不知道為什麼要用布蓋住鏡子，只知道大家都這樣做。蓋著黑布的鏡子感覺有點可怕，每次莉世看到鏡子都會想著：如果用的是粉紅色的布就好了。

＊＊＊

完成了早晨的工作和祭壇下的祕密空間之後，兩人便離開祠廟。

站在祠廟門口，可以看見鑽石般的朝日出現在正前方。位於西邊山崖的「拜日祠」正如其名，是村裡最早看見太陽的地方。

莉世很喜歡這裡的風景，因為可以看見整個村子，這讓她覺得自己像是一隻鳥兒。

【參考第 004 頁「村莊示意圖」】

祠廟的左側緊靠著巨大的瀑布和水潭。瀑布落下的水從水潭筆直流向東方，最後流出「洞門」。太陽會從洞門的正上方升起，所以從祠廟望去，河流好像是流向太陽。

順帶一提，洞門下方設有柵欄，所以很難用潛水的方式逃出去。

在祠廟前方，也就是河流的上游，有一架水車和水車小屋。

水車小屋位於河流的左岸，更左邊是一片小山坡，山坡上有豬圈和處理家畜的臺子。若用方位來表示，河流上游的北岸有水車小屋，豬圈位於更北邊。

水車小屋和豬圈之間的平緩坡道只有一條路，莉世從河邊提水去豬圈時都要走這條路。對莉世來說，提水是最辛苦的工作。

從水車小屋沿著河流再走一小段，就會看見一座橋，橋邊矗立著用來祭奠家畜的「慰靈塔」。

再繼續往下游走，會看到一個又大又深的漆黑洞穴，這是河邊的「垃圾場」。同樣位於左岸，也就是河流的北側，這裡以前好像是一口井，但不知為何乾涸了，洞也變大了。

有大人嚇唬莉世說那是「通往地獄的洞穴」，依照堂仁之言，那只是個稱為「滲穴」的天然洞穴。但無論是哪一種，洞穴還是一樣漆黑可怕，所以莉世沒事絕對不會靠近這裡。

從洞穴再往下游走，就是大家日常生活的空間。

河流右岸有宿舍和聖殿，左岸是教祖住所及儲糧室，除此之外全是田地。

現在是夏天，綠油油的農田非常美麗，但是一到冬天，村裡的景象就變得很冷清。下雪之後看起來很像童話中的國度，但是在冷天裡工作非常辛苦，不可能還有閒情逸致去欣賞風景。

＊　＊　＊

莉世呆呆地看著風景，少年問道：

「妳在看什麼啊，莉世？」

莉世想了一下，然後指著水車後方的慰靈塔。

「慰靈塔？」

「嗯。那些孩子還沒活過來嗎？」

少年露出訝異的表情。

「妳說那些孩子，是指吃掉的家畜嗎？牠們不會活過來啦。」

莉世大吃一驚。

「為什麼？那些孩子的靈魂不是已經在奉獻儀式中被『淨化』了嗎？教祖說過，這樣牠們以後就能再活過來……」

「教祖大人對妳這樣說啊？這個……」

少年猶豫地抓抓頭。

「……莉世，我跟妳解釋一下我們的教義。不是每一個得到淨化的靈魂都能活過來，能夠復活的只有成為『聖人』的人。」

「聖人？」

「就是會顯『奇蹟』的人。昨晚教祖在講道時不是也有提到嗎？譬如用手一摸就能治病的『治癒之手』，還有被砍了頭還能走路的『斷頭聖人』……」

只有聖人能復活？

這件事讓莉世大受打擊，她感覺自己被騙了。以前莉世照料的豬被宰掉時，她傷心地哭了好幾天，後來教祖告訴她「得到淨化的靈魂會再復活」，她才停止了哭泣。

結果竟然是騙她的……

看到少女的眼中泛起淚光，少年急忙補充說：

「可、可是……妳不用擔心啦，莉世，被淨化的靈魂就算不能復活，也一定能進入『天國』。這是真的喔。」

「……『天國』？」

「對，天國。」

「天國是好地方嗎？」

「是啊，非常好喔。」

「比這裡更好？」

「比這裡更好。」

「那我也想要去。」

「不行啦，妳現在去還太早。」

少年驚慌地說了這句話，就結束對話，從莉世的身邊走開。她隱約聽見他喃喃說著：真是的，明知莉世很怕寂寞，我還這麼不小心……

莉世擦擦眼淚，跟著少年走下祠廟的石階。

一定是自己誤會了教祖說的話。莉世聽到被宰掉的豬不會復活雖然震驚，但是知道牠們可以去「好地方」又覺得很開心。不過，莉世知道這件事以後，就更不希望看到豬被殺來吃了。一想到總有一天還是要和12號分離，她就覺得好難過。

莉世在石階中央停下腳步，回頭看著祠廟。

「……堂仁，我們逃走的時候，可以帶那孩子一起走嗎？」

少年又抓抓頭。

「那孩子是指剛才的小豬嗎？我知道了，就把牠算在內吧。為了小心起見，我們得先測量牠的尺寸和體重……」

就在這個時候……

＊　＊　＊

腳底傳來劇烈的搖晃。莉世還在驚訝時，腳下突然一滑，整個人被拋到石階外側，像個人偶一樣摔向地面。

「莉世！」

是地震。莉世還沒搞清楚理由，雙腳就撞上地面。從未體驗過的劇烈衝擊直沖腦門，她頓時失去意識。

她醒過來的時候，堂仁正貼在她的臉前看著她。

「莉世！莉世！妳沒事吧？我求求妳，快回答我啊！」

她想回答「我沒事」，卻發現嘴巴不聽使喚。她抬起脖子看看下方，看見了自己的右腳扭曲成詭異的角度，奇怪的是她一點都不覺得痛。

不過，更驚人的是……

出現在堂仁背後的光景讓她嚇得倒吸一口氣。

「堂仁！堂仁！」

「喔，太好了！妳總算清醒了！妳別亂動喔，莉世，我先檢查一下妳的傷勢……」

「你看！堂仁，你快看後面！」

她用不靈光的舌頭死命地叫著，伸手指著。

「瀑布……！」

堂仁終於轉頭。

出現在他眼前的是……

方才還奔流不停的瀑布整個消失不見了，彷彿水龍頭被關掉了。

＊＊＊

「瀑布……乾涸了？」

扶琳插嘴問道，渡良瀨閉上眼睛，回答：

「是的。可能是地震造成了上游地形的改變……」

大概是因為快要講到最沉重的部分，她的語氣變得像參加喪禮一樣凝重。

「瀑布突然消失，水車當然也不動了。這條河是村子裡唯一的水源，所以連飲水都出了問題……

其實山裡還有小溪，從村子走一段距離就能取到水，可是……」

「可是？」

委託人的嘴角上揚，露出了一抹冷笑。

「教祖認為這是『預兆』。」

＊＊＊

悲劇自此揭開了序幕。

首先，教祖用爆破捕魚的所有炸藥炸毀了「洞門」，堵死村子唯一的出入口。因為宿舍已經震垮，所以信徒都住進了聖殿，一日三餐也改成只吃晚餐。

「糟了，這下糟糕了……」

她想起堂仁看到村裡發生變故時喃喃說出這句話的模樣。

「大事不妙了，一定要盡快行動。有沒有什麼辦法？有沒有……」

莉世的腳骨折了，少年當天就為她包上石膏、做了拐杖。他提醒她這些東西很容易壞，千萬要小心，不過她還是因為跌倒而摔壞了石膏一次。少年立刻又為她重新包上石膏，但莉世後來也沒機會到處跑了，只能乖乖地和其他信徒關在聖殿裡。

瀑布乾涸幾天之後，某個夜裡突然舉行了「最後的晚餐」。

村裡所有人都集合起來做準備，忙到三更半夜。所有的木柴都被搬到聖殿外面燒起營火，餐點也很豐盛，麵包和肉一直源源不絕地送上桌。平時想吃豬腳還得抽籤，今天竟然每人都能吃到一隻。

莉世聽說這晚可以穿自己喜歡的衣服，就難得地梳妝打扮了一下。說是梳妝打扮，其實只是換個髮型。因為媽媽不肯幫忙，她只好在晚餐開始之前一個人跑到祠廟，把堂仁做給她的髮飾別在頭髮上。雖然很不容易，但她總算弄出了自己滿意的模樣。

到了晚餐時間，莉世被大家捧成了小公主，每個人都滿口誇她可愛，只有一個人除外，她的媽媽臉色陰沉地看著她，什麼都沒說，這令莉世感到很遺憾。

順帶一提，莉世不知道在「最後的晚餐」吃的豬肉是什麼時候舉行過「奉獻儀式」。小豬應該已經被藏起來了，但少年一直不肯回答「12號」是不是也在這頓晚餐裡被吃掉了。其實只要去豬圈一看就知道，但莉世覺得很害怕，還是沒有跑去看。

自從瀑布乾涸之後，少年每天都在外面工作。

莉世一直關在聖殿裡，不知道他在忙些什麼，她心想，一定是在做逃跑的準備工作吧。所以莉世在聖殿裡等待的期間，戰戰兢兢地建議媽媽一起逃走，結果完全沒用，媽媽跟石像一樣毫無反應。

其實早在瀑布乾涸之前，莉世就向媽媽提過幾次逃跑的事了，媽媽對於少年的逃跑計畫曾經表現過一點興趣，但她遲遲沒有答應，到了瀑布乾涸之後，她就不再有任何反應，甚至連話都不說了。搬來村子以前，媽媽有一陣子也是這個模樣，但這一次似乎更嚴重。莉世看到媽媽這副模樣就覺得鬱悶，所以轉眼不再看她，滿心想的都是少年的事。

＊＊＊

莉世記不太清楚，教祖是在瀑布乾涸幾天之後「入關」的？是三天或四天？是白天或晚上？莉世整天都關在聖殿裡，所以對時間的感覺變得很遲鈍，她只記得教祖參加了「最後的晚餐」，所以一定是在晚餐之後。

她記得比較清楚的是紅色的「護摩火」，還有隨侍在教祖身邊的堂仁所穿的白袍。

所謂的「入關」，是教祖進「祈禱室」裡「閉關」三天三夜之前要舉行的儀式。「祈禱室」位於聖殿大廳的後方，可供信徒做為修行或默想之用。

在儀式進行的期間，聖殿裡持續焚燒著巨大的「護摩火」。火裡還放了香料或植物，所以大廳一直布滿白煙和濃郁的香味，不知道是不是因為這樣才讓莉世幾乎完全不記得儀式之間的事。

根據她僅存的記憶，「入關儀式」的流程如下：

首先，教祖在信徒們聚集的「聖殿」大廳裡用裝水的大澡盆「沐浴」。

這種裸著身體淋水的儀式本來應該在瀑布下進行，但這時瀑布已經乾涸，所以才改用澡盆。水是從儲糧室搬來的。

澡盆擺在「護摩火」的後方，以免大家看見教祖的裸體，只有一位信徒陪伴在教祖身邊幫忙更衣。擔任這個任務的就是白袍少年——堂仁。

沐浴結束後，教祖穿好衣服，帶著少年一起走進「祈禱室」。

「祈禱室」的門也在護摩火的後方，所以莉世和其他信徒都看不到房間裡的情況。教祖和少年相偕而入，然後少年一個人走出來。他待在裡面的時間不超過一分鐘。

接著少年從外側鎖上「祈禱室」的門，回到大廳。任何人進入「祈禱室」修行時都要從外面鎖上門，令他無法自由出入，這是教團裡的慣例。

儀式到此就結束了。莉世的感想只有護摩火一直在冒煙。她不了解這個儀式的意義，不過少年曾經說過「教祖開始『閉關』就是危險訊號」，所以她想起這件事就覺得害怕。

莉世詢問回到大廳的少年「接下來會有什麼事」，但少年逕自穿過大廳走出聖殿。他從旁邊經過時，她看見少年蓋在帽兜底下的臉色蒼白得嚇人。莉世有一種不祥的預感，但她覺得知道理由的話會更害怕，就不敢再想下去了。

＊＊＊

三天之後，教祖的「閉關」結束了。

聖殿再次燃起護摩火，眾人聚集在火前。在滿屋子的甜香和白煙之中，一個幹部走出來清點人數，然後在門上貼了很多紙條，禁止任何人外出。

全體信徒排列整齊地跪坐在地上，只有穿白袍的信徒——也就是堂仁——站起來，獨自走向「祈禱室」，打開門鎖，進了房間，扶著教祖走出來。

堂仁將教祖攙扶到護摩火前，教祖抓著他的手臂，面對著信徒坐在坐墊上，然後少年又回到信徒之中，在莉世後方幾排坐下。之後沒有一個人開口，時間靜靜地流逝。

過了不知多久，教祖才開始低聲地祈禱。這聲音一出，四周的大人們全都低下頭，口中跟著念念有詞，坐在莉世身旁的媽媽冷冷地說「低下頭，閉起眼睛，跟著祈禱」，她就照做了。

過了一會兒，前方斷斷續續地出現了「咚！」或「砰！」的沉重聲響，周遭飄著一股鐵鏽味。聲音逐漸接近，快要來到莉世身邊，她也越來越坐不住。這時，一片液體飛濺到她的臉上，她反射性地抬起頭來……

她看見教祖拿著斧頭陸續砍下信徒們的頭。

＊　＊　＊

扶琳被菸嗆到，咳了起來。

「砍頭……？難道教祖發瘋了，對信徒大開殺戒？」

「不……這應該是『集體自殺』吧……」

偵探問道，委託人微微點頭，回答「是的」。

「集體自殺？只不過是瀑布乾涸了，為什麼要自殺？」

「我在當時的新聞上看過……好像跟教祖的『末日預言』有關。」

「末日預言？」

「就是『世界毀滅之日』的預言。基督信仰也有末日預言，指的是耶穌再次降臨、檢視每人一生功過的『最後審判』。」

偵探從懷中取出一條銀製玫瑰念珠，拿在手上把玩著。

「神道本來沒有末日的觀念，在明治時代以後出現的神道教派才開始出現這種教義……這個教團也吸收了這種『末日預言』，有記載顯示他們相信『瀑布乾涸』是末日的預兆。結果瀑布真的如預言所說地乾涸了，所以教祖不得不實現這個預言。」

「所以就要自殺？這根本是本末倒置吧？為了末日預言而發動恐怖攻擊才真的會造成世界末日……」

「會不會做出攻擊行為或自毀行為得看教團的性質。事實上，有不少狂熱信仰末日觀念的邪教組織最後都走上了集體自殺這條路，譬如南美洲圭亞那瓊斯鎮的人民聖殿教、加拿大的太陽聖殿教、美國加州聖地亞哥的天堂之門……」

偵探收起玫瑰念珠，手肘靠在沙發扶手上，用手背撐著下巴。

「用砍頭的方式自殺倒是很少見。扶琳應該很清楚，就算是熟練的劊子手也不見得能俐落地砍下人頭，一定有很多信徒的脖子沒被砍斷……不論如何，斧頭劈下去還是會造成致命傷。」

「可是……為什麼要砍頭？」

「或許也跟教義有關吧……」

偵探用詢問的眼神看著渡良瀨，她點點頭說：

「是的，這是為了模仿『聖人的死法』。信徒若想得到『淨化』，死後升上『天國』，就必須模仿殉道基督徒的死法。任何一位聖人都可以……」

「原來如此，那確實該選擇砍頭。如果要模仿聖愛辣莫主教就得用絞盤把腸子拉出來，要模仿聖依納爵・安提約基亞就得被野獸咬死，聖歐達奇則是關在銅牛裡被燒死……」

扶琳一向認為自己跟宗教絕對扯不上關係，不過她對這些酷刑倒是很有親切感，譬如中世紀的異端審問，人類嗜血的天性在東西方都是一樣的。

渡良瀨臉色蒼白地摸摸自己的脖子，然後她做了深呼吸，挺直身體振作精神，抬頭說道：

「之後就發生了那件事……」

＊＊＊

她猜自己當時一定尖叫了。

然後她立刻低下頭，突然感到有東西壓過來，接著地面傳來撞擊聲，溫熱的液體如瀑布一般傾瀉在她的腿上和背上。

壓過來的可能是媽媽的身體，但莉世並不確定，因為她一直縮著身子發抖。液體是紅色的，她同樣不確定那是什麼東西、是從哪裡來的。莉世只是窩在原地害怕地啜泣。

這時有人抓住她的手腕，要把她拉走，莉世在死命掙扎之間看見堂仁的臉，終於忍不住放聲大哭。
他橫抱著莉世，筆直地跑向門口。
就在這時……
「站住！」
教祖的聲音傳來。莉世隔著少年的肩膀看到有幾個信徒追過來，她還以為少年會停下腳步，卻聽見紙張撕裂的聲音，大門「砰！」的一聲打開了。
外面的空氣頓時湧入。被撕破的大概是貼在門上的紙條吧。少年出去之後立刻關上門，先放下少女，再扣上門閂。門內很快就傳出敲擊聲，但堅固的鐵門一動也不動。
莉世又開始大哭，她被嚇壞了——不是害怕，而是驚嚇，就像在夢中看到大人們突然變成奇奇怪怪的動物一樣。
不過，莉世的驚恐還沒有結束。她往四周一看，就被嚇得忘記要哭泣。
所見之處全是火紅的烈焰。
村子化為一片火海，田地全都燒起來了，火勢逐漸朝著聖殿延燒。
黑煙不斷湧來，少年為了避免嗆傷，緊緊地蓋著帽兜，然後又橫抱莉世，把某個東西放在她的肚子上，開始奔跑。
莉世盡量閉住呼吸，但還是吸入了幾口濃煙，嗆得她不停咳嗽，意識也變得越來越模糊。途中她和少年似乎說了幾句話，可能是因為濃煙之故，她完全不記得說了什麼。

走了一陣子，她就完全不省人事了。

再次醒來時，她發現自己在洞窟裡。

光芒以水平的角度從入口的方向射進來。是朝日。這道光芒讓她意識到這裡是「拜日祠」——位於村子正西方，村裡最早看見朝日的地方。

她坐了起來，被眩目的曙光照得瞇起眼睛。她還在半夢半醒之中。突然間，她看見前方的地面……

她和堂仁的人頭四目相交。

＊＊＊

扶琳又嗆住了，比剛才咳得更厲害。

「……人頭？」

「是的。我一醒來，就發現堂仁身首異處，倒在我的附近……」

毫無預兆地出現了屍體，就像在讀一本掉頁的小說。

偵探疊起二郎腿，彎起食指按在脣上，彷彿正在沉思。

「那具屍體真的是堂仁嗎？」

「是的，我一眼就看出來了。不過我一開始並不覺得那是屍體，看起來好像還活生生的……」

委託人淡淡地說道。那副情景光是想像都令人震驚，但是從渡良瀨的語氣可以看出她在當時和此時對這件事都沒有真實感。頭和身體都分家了，怎麼可能還會「活生生的」。

「妳自己一點事都沒有嗎？」

「是的。我沒有受傷，衣服也完好如初，只是染滿了血跡。我穿的是教團的袍子。」

「衣服上的血是誰的？」

「根據警方調查，大部分是我媽媽的血，也有檢驗出堂仁的血。」

「所以妳才會懷疑自己殺了那位少年？」

「是的。雖然我也不願意這樣想。」

渡良瀨表情僵硬地點頭。

「但理由不只是這樣，而且除了我以外也沒有其他嫌犯了。當時村裡只有教團的人，除了我和堂仁以外，所有人都被關在『聖殿』大廳，門是從外側鎖上的。現場找到的遺體和教團人數一致，也就是說，若非堂仁或我去開鎖，裡面的人絕對出不來，就算有人跑出來砍了堂仁的頭再回去，也沒辦法從外側把門鎖上。」

「說不定是妳鎖上的……」

「你想說我是共犯？我又沒有理由這麼做，而且我就算想做也做不到，聖殿的門和門都是鐵製的，那是由上往下扣的款式，門閂就靠在門把下方，但是我那時還很小，拿不動這麼重的東西。」

偵探瞇起了不同顏色的雙眼，像是在思索委託人的證詞，過了一陣子才繼續問下一個問題。

「妳說村裡只有教團的人，有什麼根據？」

「山崖上有感應器，每一臺都能用無線傳輸對山下的收信器發出警告信號，還連接了可以獨立啟動的攝影機。攝影機是電池式的，而且是能持續運作三個月的省電型。警方當然也調查過這些錄影畫面，並沒有發現外人進出。」

「會不會是有人躲在村子裡？」

「搜索隊把我救出去時，曾經徹底搜尋村裡的每個角落，看看還有沒有其他人活著，但是一個人都沒找到。就連垃圾場的大洞都用繩子把攝影機垂吊下去檢查過。順帶一提，那個洞穴的深度大約六十公尺。那個是叫……滲穴嗎？地下水都枯竭了，洞穴也崩陷得很深……」

渡良瀨解釋得非常詳細，看得出來她自己早已思索過無數次。她給人的印象很懦弱，內心卻藏著強烈的執著。畢竟她疑似殺死了和她非常要好的少年，當然會很在乎。

但是那扇門只能從外側鎖上嗎？好像有人把這種情況稱為「相反密室」。

扶琳靠著鐵桌而立，搖一搖喝了一半的啤酒。

「既然如此，答案只有一個。」

根本沒必要想得那麼複雜。

「就是妳幹的。」

屍體一具，有嫌疑的只有一人。她自己也知道答案吧。

扶琳此言一出，委託人頓時呆住。偵探低聲告誡她說「扶琳，不相干的人不要隨便插嘴」，但這間事務所的大半資金都是她出的，她等於是買下了整間事務所的業主，絕非不相干的人。

渡良瀨又低下頭，她的臉被頭髮遮住，雙手彷彿強忍痛苦似地握緊。然後她抬起頭，用挑戰的眼神盯著扶琳，語氣堅決地說：

「這說不通啊，因為我『不可能砍掉他的頭』。」

＊　＊　＊

「……這話怎麼說？」

偵探說話的音調提高了，翡翠般的眼睛閃爍著好奇的光輝。

「因為凶器。堂仁的頭是在豬圈附近的斷頭臺被砍掉的。」

「斷頭臺？」

對話中又出現了離奇的詞彙。難道這教團是個經常動私刑的殺戮集團嗎？

「嗯，那也是堂仁設計的，是推桿式……啊，那不是給人用的，而是處理家畜用的。」

原來如此。扶琳默默地點頭。她這時才想起渡良瀨先前提過「處理家畜的臺子」。既然村裡飼養了家畜，當然會有這種東西。

「斷頭臺距離遺體所在的祠廟幾十公尺遠，光是頭部還沒問題，但當時的我不可能搬得動身體。」

「妳確定那位少年的頭是在斷頭臺被砍下的嗎？」

「是的，臺子上和鍘刀都有檢驗出他的血。」

「也可以把血灑在那裡，製造假的案發現場……」

「還有其他的證據。警方發現有鍘刀的碎片嵌在堂仁的骨頭上。是身體那邊的頸骨。」

渡良瀨的表情相當痛苦。她一定很不想提起這些事吧。

或許是顧慮到委託人的心情，偵探稍微停頓了一下，才用比較溫和的語氣繼續問：

「有沒有可能反過來，是斷頭臺的鍘刀被搬到祠廟呢？」

「鍘刀的重量超過五十公斤，所以就像屍首的身體一樣，當時的我都搬不動。」

「豬圈那邊不是有搬運家畜用的板車嗎？只要用那個……」

「這是不可能的，祠廟附近沒有開路，地面凹凸不平，而且要到祠廟還要先爬上一段很高的石階。當時我撐著拐杖，包著易碎的石膏，若是沒有坡道絕對推不動板車。」

「身體的部分是完整的嗎？」

「是的，只有脖子被砍斷。」

眾人又陷入沉默。什麼血跡啦頸骨啦，這真是充滿了血腥詞彙的陰森對話，相較之下，室內卻瀰漫著誘人發睏的舒適氣氛。

扶琳搖搖啤酒罐，確認裡面已經空了。

事情越來越詭異了。她將空罐捏扁，回憶著剛才的對話。這件委託並不是為了洗刷罪嫌，而是……

「……我要再補充一點，想靠水車和繩索搬運鍘刀是不可能的，因為當時河流已經沒水了……」

偵探露出微笑說「經典的機械詭計」，接著又靜靜地思考起來。

扶琳走到冰箱去拿第二罐啤酒，一邊想著：連他也需要想這麼久嗎？這件事實在是……

「那個……偵探先生……」

扶琳拿著啤酒走回來的途中，聽見委託人問道。

「你……對這件事有什麼想法？」

「要有什麼想法？」

「因為……真的很奇怪啊。有機會殺死堂仁的只有我一個，但我搬不動遺體和凶器，這兩者卻出現在不同的地方……」

「不可能的狀況……乍看之下是這樣。」

偵探輕鬆地說道，扶琳也默默地贊同。這就是所謂的「不可能犯罪」，也就是無法用普通方法實行的犯罪行為。從某方面來看，這是最適合請偵探處理的案子。

但偵探淡定地繼續說：

「世上沒有完全不可能的狀況，就算有，也一定是因為誤會或遺漏。這個事件也一樣……」

「遺漏嗎……」

渡良瀨含意深遠的聲調打斷了偵探的發言。

「……難道妳還有事情沒說？」

「不是的，那個……那不是事實，只是我的『假設』……」

委託人不知為何紅了臉，欲言又止。

假設？

「那個……會不會是『堂仁被砍頭之後再把我抱到祠廟』……？」

＊　＊　＊

……什麼？

扶琳露出了有如流氓在向小老百姓找碴的凶狠表情。看到她的反應，渡良瀨更是膽怯地縮起身子。

「我、我想也是……不可能會有這種事的。對不起，請當我沒說過……」

但是扶琳露出這種表情並不是對委託人的想法感到不屑，而是因為驚慌。妳這女人……幹麼對這個偵探提起這種話題……

「為什麼妳會這樣想？」

唉。扶琳用一隻手按住自己的臉。他又開始了……

「沒、沒什麼……我並沒有具體的證據……」

渡良瀨又低下頭去，猶豫地說著。

「只是在前往祠廟的途中，我感覺自己好像『抱著堂仁的頭』……」

「抱著頭？妳的意思是，妳抱著他的首級？不是勾著他的脖子？」

「啊，是的……就像抱著一顆球，我感覺堂仁的頭就在我的懷裡。對不起，怎麼可能有這種事嘛……」

「『怎麼可能有這種事』？」

偵探的語氣驚訝得彷彿看見魚從天上掉下來。

「妳憑什麼這麼肯定？」

「啊？憑什麼……」

委託人往上一瞄，眼睛突然睜大，因為偵探的臉貼得很近，把她嚇了一跳。偵探上身前傾，用一副像是要吃人的眼神盯著她，她不禁害怕地後退。

「還需要憑什麼嗎……這是常識吧。」

「常識只是常識，不是永恆不變的真理。妳應該更重視自己的親身經驗，打開心胸接受自己所見的事物，那才是最可靠的事實。拋開一切的成見吧。」

「成見？那個……偵探先生……」

「嗯？怎樣？」

「偵探先生相信嗎……關於我剛才說的假設……」

「談不上相信。」

偵探露出開懷的笑容，揮一揮戴著白手套的手。

「目前只是假設的階段，在聽到更詳細的事實之前什麼都說不準。接下來才要開始證明。」

「假設的階段……？呃，自己講這種話好像不太對，但我剛才說的假設明明很荒謬……」

「荒謬？妳是指無頭的屍體會走路這件事嗎？」

偵探睜大了不同色的眼睛，歪著頭說。

「依照一般的常識來看，這確實不太合理……不過歷史上並非沒有前例，世界各地都有Dullahan（無頭騎士）的傳說，基督信仰之中也有聖人在砍頭後仍然活著，譬如巴黎的聖雕尼削主教……」

「請、請等一下，那些都不是史實，而是故事的情節吧？」

「故事……應該說是奇蹟。」

「所以是奇蹟的『故事』？」

「是啊，那是奇蹟的『記載』。」

聽著這兩人牛頭不對馬嘴的討論，扶琳一臉疲憊地用兩根指頭按摩起太陽穴。事情的發展越來越不妙了。

＊　＊　＊

基於某種理由，偵探對一件事非常的執著。

那就是「這世上真的有奇蹟」。

即使說他所有的業務活動都是為了「證明奇蹟的存在」也不為過。若非如此，他絕對算是出類拔萃的男人，可惜光是這個缺點就能扼殺他的所有優點。基本上，相信「真的有奇蹟」就等於是放棄當偵探了。

但是扶琳知道原因，所以她也不是不能理解他即使被人說是瘋子依然堅持雪恥的心情。

＊　＊　＊

偵探和委託人之間充斥著既非對立也非和諧的奇妙沉默。

「那個……」

低著頭的渡良瀨先開口了。

「偵探先生真的覺得這是『奇蹟』嗎？」

「我只是說有可能，在調查之前必須拋開所有的成見。」

「也有可能不是『奇蹟』嗎？」

「當然。」

「如果那不是『奇蹟』，您能找出真正的解釋嗎？」

「這是一定要的。偵探的工作就是梳理錯綜糾結的事實，從中找出唯一的真相。」

「『奇蹟』也是其中一種真相嗎？」

「『奇蹟』是世界上最美麗的真相。」

渡良瀨盯著自己的膝蓋陷入沉思。

扶琳懷著喝悶酒的心情，一口喝乾了第二罐啤酒。好好一件工作怎麼會突然變得像詐欺案一樣可疑？還有那些充滿了不實際又不合理的詞彙、一點都不像受過科學教育的現代人會說的異常發言……

整罐啤酒都進了扶琳的胃袋之後，委託人緩緩抬起視線，朝偵探一鞠躬。

「……我知道了，那就有勞您調查了。」

＊＊＊

調查工作進展得非常迅速。

委託人的日記是最基本的，連當時的報紙報導、相關書籍、警察的現場勘查報告等，偵探都靠著各種管道弄到手，經過分析之後，對案情的細節又有了更清晰的認識。當時的情況如下：

首先，在「聖殿」大廳找到的遺體共有三十一具，其中三十具的頸骨不是斷裂就是損傷，還有一具燒焦的屍體是在護摩火的遺跡中找到的。

從這個情況可以推測出，教祖先砍了所有信徒的頭，自己再跳進火裡。有幾具屍體的情況顯示他們還沒被砍頭之前就先用短刀自殺了，少年的母親就是其中之一。少女的母親確實是因砍頭而死。所有屍體的頭和身體都在現場，燒死的屍體只有一具。

少女被搜索隊救出大概是在集體自殺的兩週後，當時她有些虛弱，但是並無大礙。少年的遺體已經開始腐化，而且受到不少損傷，無法正確研判除了脖子是否有其他外傷。遺體損壞的主要原因不只是此處夏季的溼熱、室外易生蟲蚊，也是因為少女一直抱著遺體，以及小豬的囓咬。除了脖子被砍斷之外，其他地方的骨頭都沒有受損。後來因為屍體腐臭，少女只好離開祠廟，住到橋底下。

祠廟裡早已準備好能讓少女撐上幾個星期的水和食物。少年事先把飲水和食物搬來，是擔心餘震把儲糧室震垮，沒辦法再拿到食物。依照少女的證詞，在「藏小豬之處」還塞滿了水瓶和未拆封的脫脂奶粉。把水和奶粉藏在這裡的理由可能是要防止小豬偷吃。

少女後來提到，除了這些食物之外，她也會自己殺雞來吃。村子裡在分配工作時不會給孩子特別待遇，所以她以前也殺過雞。順帶一提，當少女被救出時，除了那隻小豬以外，村裡的家畜一隻都不剩了。

在斷頭臺和鍘刀，以及少年少女的衣服上，都有檢驗出少年的血跡。

但是「聖殿」大廳和「拜日祠」的檢驗可能有所遺漏，因為這兩處都不容易採集到特定一人的血液。

「聖殿」大廳裡到處都是信徒們的血，不可能做個別的分析，而「拜日祠」也因少女在祭壇殺雞，雞血可能影響了檢驗結果。警方也做了人獸檢測，並沒有在這裡發現人血。

此外，斷頭臺上的血跡無法判斷血量有多少，原因除了豬血干擾檢驗之外，也是因為後來的風雨洗掉了大部分的血跡。

「風雨」和事發後的「餘震」這些自然現象，使得現場的蒐證工作困難重重。具體來說，只找到了這些證據：

・水車倒在河邊，幾乎完全損壞，可能是餘震使得地面往河流的方向陷落。整個水車都有被燒過的痕跡，從殘骸之中找到了燒成焦炭的木柱和燒剩的麻繩。水車附近放著搬運家畜用的板車。

・田地幾乎全被火燒光了。火勢延燒到聖殿，但是只燒到門和牆壁的外側，沒有燒到室內。

・祠廟的祭壇倒塌了，毀壞理由不明，可能是餘震造成的。

・教祖住所和儲糧室也崩塌了，無法取出裡面的食物。此處的崩塌推測也是餘震造成的。

大概就是這樣。

＊　＊　＊

在調查期間，扶琳很難得地祈求上天，希望偵探能找出合理的答案，不過她處身立世所秉持的都是違背天理的信念，大概很難得到應允吧。

過了一段時間，扶琳接到一通來電，是偵探打來的。聽到他那興高采烈的語氣，扶琳心中的不祥預感就更強烈了。

「有好消息喔，扶琳。我的追尋總算要抵達終點了。先聽聽我的勝利宣言吧，這樁案件的所有謎題都解開了……」

扶琳最擔心的事還是發生了，偵探的結論令她不禁抱頭。

「這是個『奇蹟』！」

＊　＊　＊

接下委託三週以後。

在事務所中，偵探與委託人再次隔著桌子相對而坐，中間放著一大疊厚重的報告。扶琳坐在偵探旁邊點起菸管，一邊焦慮地盯著那疊資料。她這次又再出席，是因為對這件事的發展感到不安。

「渡良瀨小姐，我要開始報告調查結果了。這次的事件……」

偵探按著那疊報告，用隱藏不住興奮的語氣說：

「……是『奇蹟』！」

雖然他努力地鎮定心情，雙手還是有些顫抖。這是理所當然的，畢竟「證明奇蹟」是他長久以來的宿願，就算他高興得脫光衣服跳起舞來也不奇怪。

「聽您這樣說，我還是不敢相信。」

相較之下，委託人的回應顯得格外冷淡。這也是理所當然的，砸下重金聘請偵探調查案件，得到的結果卻是「奇蹟」，就算委託人氣得翻桌大罵摔東西也很合理。

「我了解妳的心情，不過這就是真相。為了讓妳能接受，我會用最大的誠意詳細地解釋。首先是這份報告……」

偵探正要切入正題，渡良瀨卻抬手制止他。

「假如這次的事件真的是『奇蹟』……」

她牢牢盯著偵探的眼睛。

「您要怎麼讓我相信？」

偵探露出了醒悟的表情。兩人互相凝視了片刻。

「……我並不是基督徒，也沒有固定的信仰，只有在婚喪喜慶和重要節日會隨便遵循某些宗教文化。像我這種毫不虔誠的人，您要怎麼讓我相信那是『神的奇蹟』？」

偵探摸摸下巴，身體慢慢往後靠在沙發椅背，然後用食指按著嘴唇，用作夢般的恍惚眼神望向半空。

「所有的可能性……」

「啊？」

「若能『推翻人類智識想得到的所有可能性』，不就表示那是超越人類智識的現象嗎？」

他泰然自若地說。

「位於梵蒂岡的天主教羅馬教廷有個機構叫『封聖部』，負責審查信徒呈報上來的『奇蹟現象』，如果他們認定那是『奇蹟』，習慣上會說『constat de supernaturalitate』（判定為超自然現象）。超自然就是指超乎尋常的事，也就是說，『只要推翻了一切自然和人為的可能性，就能證明這是超自然現象』。」

扶琳的表情就像一隻快要睡著的羊。這些是偵探解釋自已證明奇蹟的方法的慣用說詞，但她到現在還是聽不習慣，只覺得聽起來就像男人在外遇被抓到時的詭辯。

「……也就是說，只要找不出奇蹟之外的理由，就表示這是奇蹟？這種定義會不會太輕率了？」

「這很合理啊。既然沒有奇蹟之外的解釋，就只能說是奇蹟了。」

「話是這樣說沒錯……」

委託人語帶猶豫。雖然她理智上可以認同，但情感上還是無法接受。

偵探觀察了她的反應一陣子，又繼續說：

「天主教對奇蹟的定義當然更嚴格。根據聖經記載，耶穌基督顯過的奇蹟包括憑空變出東西、治療、預言、復活、分身等等，梵蒂岡認定的奇蹟也都是這一類的。除了必須是超自然現象之外，還須擁有信仰上的意義。」

偵探的手上有個亮晶晶的東西，那是一條純銀的玫瑰念珠。他凝視著手中之物，像是在回憶什麼。

「……不過，這全是看妳要如何『解釋』那些現象。妳既不是基督徒，我也不想向妳強迫推銷基督信仰的觀念，但世上確實有很多超越人類智識的奇怪現象，如果把這些現象命名為『奇蹟』，而這種『奇蹟』真的發生在妳身上的話……」

翡翠色的眼睛注視著委託人。

「妳就不用背負『殺人』的罪名了。」

渡良瀨露出吃驚的表情，在海草般的瀏海下，眼睛一眨也不眨地注視著這個藍髮的男人。

扶琳忐忑不安地靜候她的回應。無論說得再多，只要委託人不認同這種「輕率的定義」，偵探也無計可施。

委託人以複雜的表情看著桌上的報告，手指撥著耳垂上的耳環，好一陣子才擠出聲音說：

「我無論如何都得解開這個事件的謎題。」

她抬起頭，用哀求的眼神看著偵探。

「您真的有辦法推翻『奇蹟』之外的一切理由嗎？」

偵探露出自信的笑容，如安撫幼兒似地輕輕拍著報告書的封面。

「證明就在這裡。」

渡良瀨又望向那份報告書，很久都沒有反應。

最後她終於下定決心，點頭說：

「……我明白了。那就請您開始說明報告的內容吧。」

扶琳繃緊的肩膀頓時放鬆。終於過了第一關，算是步上軌道了吧。

既然走到這一步，她只能盡量配合偵探的發言。後續情況依然令人擔心，但是船既然離了碼頭，就得同心協力地划下去，否則這種破船肯定一下子就沉了。

不過……話說回來，這詭異的話題是對方先提起的，既然她連那麼荒誕無稽的事都願意相信，這場賭局應該不是毫無勝算。

而且扶琳並非無法理解委託人為什麼會想要相信那麼超脫現實的事。如果這件事是出自人為，那她還是有殺人的嫌疑；若是奇蹟，那她就是清白的。換句話說，若能證明這是奇蹟，就可以讓她擺脫罪惡感，所以她一定也很樂見偵探做出這種結論。前提是偵探真的能推翻「所有的可能性」……那份報告書那麼厚，裡面一定寫滿了能說服委託人的內容，或許這件工作可以輕鬆地解決。

正當扶琳打著如意算盤時……

叮噹一聲，事務所的門突然打開。

「你這個騙子，又在做這種蠢事了！」

＊　＊　＊

一聲粗魯的大吼如破鑼一樣敲擊著耳膜。

連窗玻璃也為之震動，扶琳忍不住掩住雙耳。

她轉頭望向門口，看見一位相貌如閻羅王的小老頭站在門邊，他戴著一頂風格古典的獵帽，穿著袖子寬若斗篷的茶色外套，手上拿著檳榔樹製的拐杖，打扮得有如電影裡明治大正時代的名流或富商。

老人拖著腳步走進來，在偵探的面前站定，以拐杖支撐著前傾的身體，眼神銳利地盯著藍髮的男人。

「哎呀……」

偵探看著來者，臉色沒有絲毫改變。

「這不是大門先生嗎？」

看來這是他的熟人。被稱為大門的老人哼了一聲，舉起拐杖敲一下地面，跨開雙腳穩穩地站著，挺起胸膛，又說了一句：

「別再拿你那些謬論四處招搖撞騙了！」

扶琳又彎著身子摀住耳朵。光看體型還真看不出這個老人的聲音如此宏亮。

偵探也用手指塞住一邊耳朵，難受地閉起一隻眼。以他和對方的距離來看，衝擊想必更強烈。

「……這麼久不見，一出現就妨礙我做生意，看來你真的對我恨之入骨了。」

「你以為我說這些話只是出於私怨嗎？你真是小人之心啊，上苙君，我可是誠心誠意地在對你提出忠告。」

「感謝大門先生的忠告，但你已經不是檢察官了，不如別再管我的閒事，好好地安享天年吧。」

「我也想啊，只要你這個可惡的騙子別再到處欺騙良民。我一天還戴著這個秋霜烈日徽章，就不能對世上的不義坐視不理。」

老人左右張望，看見角落有一把鐵管椅，就用拐杖勾到身邊坐下來，吐了一口氣。

接著他對扶琳說：

「不好意思，小姑娘，可以給我一杯茶嗎？我走得有點口渴了……」

扶琳差點要把菸管砸在對方的腦袋上。老人大概誤會她是偵探的祕書了，這對她來說可是個奇恥大辱。

對這狀況了然於心的偵探輕咳了一聲，若無其事地把身邊的移動茶几拉近，拿起電熱水壺在茶壺裡注水，自己泡起了茶。委託人渡良瀨一臉愕然地看著他的動作。

「大門先生今天怎麼會來拜訪？」

「當然是為了匡正邪惡和彰顯正義。」

「都這把年紀了還能說出戰隊英雄的臺詞……可見閣下的心還很年輕啊。」

他把茶几上的杯子遞給老人。

「但我不是要問這個，我是要問你為什麼知道我這次接的案子和『奇蹟』有關？啊，一定是鯇吧。」

「這沒什麼，我聽說你透過大學時代的學弟鯇君向警方打聽那樁事件就猜到了。不過啊，上苙君，你怎麼可以靠著學長的威勢逼迫每天忙到分身乏術的學弟做白工呢？他還很感嘆地說，親愛的學長還是不肯離開那個黑暗的深淵哪……」

「請別捏造事實，大門先生，鯇說話才沒有這麼文謅謅的。我不管你是不是前檢察官，如果你再繼續胡扯這些子虛烏有的事，我真的要告你妨害營業喔。」

「那我也去告你詐欺吧。我說這位小姐啊……」

大門轉頭向委託人說話，那雙蜥蜴般的烏黑眼珠緊盯著渡良瀨，舉起拐杖指著偵探說：

「妳真的相信這個傻子的蠢話嗎？」

他用枴杖前端劃著圈，又撐回雙足之間。

「這位小姐，我敢向妳保證，這個人說的話全是胡扯。這騙子剛才一定是這麼說的吧…『只要能推翻人類智識想得到的所有可能性，就能證明是奇蹟』……」

大門用兩隻手舉起拐杖，洩憤似地重重敲在地上。「叩！」的一聲，室內迴盪著巨響。

「但這種證明法是『不可能做到的』。」

扶琳在心中咂著舌。現場情勢急轉直下。

「所有的可能性意味著『無限的』可能性，即使想到天荒地老也想不完。也就是說，這個偵探的證明法只是紙上談兵、形同畫餅。用這種有缺陷的理論矇騙無辜女性詐取金錢，實在是厚顏無恥之至。」

「沒有必要推翻無限的可能性，只要詳盡地列出每一種想得到的情況，再一一解決……」

「我就是說不可能列出每一種情況！生也有涯，而知也無涯，你怎麼可能掌握宇宙中的一切森羅萬象？人再怎麼思考也跳不出釋迦牟尼的掌心，一定會有考慮不周的地方。」

「那要不要來試一試？」

偵探用指尖按著報告書的封面。

「看看這裡到底有沒有『考慮不周』的地方。」

空氣彷彿被無形的手撕裂了。

看這針鋒相對的氣氛，這兩人過去應該有過不少恩怨。也對，一個是總想證明「犯罪行為」的檢察官，一個是總想證明「案件並非出自人為」的偵探，可以想見這兩人一定是水火不容，互為天敵。

麻煩的是，扶琳憂心地看著斜前方的委託人。這個老人的登場會給委託人的心情造成什麼影響呢？拜託千萬不要把話題越扯越遠……

老人垮下肩膀嘆了一口氣。

「你要我看看你有沒有『考慮不周』的地方？上苙君，你知道自己發出了一張絕無勝算的戰帖嗎？」

「大門先生不敢接受嗎？」

「別虛張聲勢了，我可是苦口婆心地在勸你，怎麼可能完全沒有遺漏嘛。上苙君，你聽好了，所有的可能性指的就是『所有的可能性』！任何的『可能性』都包括在內喔！如果只談可能性，再怎麼異想天開的情況都算數，包括在理論上確實有可能，實際上卻是荒天下之大謬、滑天下之大稽、跟笑話沒兩樣的愚蠢詭計。既然你要推翻『所有的可能性』，連這種愚蠢詭計也得一起推翻喔！」

「正合我意。」

偵探背靠著沙發，氣定神閒地笑著說。

「再怎麼異想天開的愚蠢詭計，我都會一一推翻給你看。」

扶琳喉中發出低吟。這是她所能想到的最壞發展。

大門愕然地張著嘴巴，好一陣子沒有說話，最後他無力地闔起嘴，像是放棄了爭辯。

「上苙君，我真沒想到……你竟然愚蠢到這種地步。」

沒辦法了。

鏗的一聲，扶琳的菸管敲在玻璃菸灰缸上。

「不好意思，兩位，請容我插個嘴。」

她實在看不下去了，終於忍不住開口。

「你們是不是忘了最主要的人？現在應該先處理這位小姐的委託吧。」

大門挑起一邊的眉毛。

「我們不是正在談這件事嗎？你們要做生意是無所謂，但若要用『證明奇蹟』這種可疑話術來欺騙人家……」

「可不可疑不是你說了就算。」

扶琳毫不客氣地反駁。

「現在又不是開庭審判，這位小姐的想法才是重點。簡單說，這就好比諮詢服務，『只要委託人得到滿意的答案』，事情就解決了。反過來說，只要委託人可以接受，無論是八卦卜筮或風水都無所謂。難道不是嗎？」

大門不高興地噘起下脣。

「妳說的確實有道理，不過……」

「而且是她自己先提到『奇蹟』的，可見『她也願意相信奇蹟的存在』，既然如此，不論這個偵探的方法再怎麼可疑，也只能這樣檢驗了。如果你還有其他檢驗方法，不妨說出來看看。」

「唔……我明白妳的意思，可是……」

「酬勞也是個問題。費用是依照工作日數計算的，雖然我們是受雇的一方，要讓委託人多花冤枉錢還是會於心不忍。

所以，乾脆讓委託人來定奪吧，如果她對偵探的做法沒有意見，就可以先把這份工作定下來，之後要討論任何愚蠢詭計或可笑詭計都隨便兩位。」

扶琳一口氣說完這番話，就不再開口。她打算在事情生變之前先把話題拉回費用，雖然這樣對委託人有些失禮，但她只要確定以後收得到錢就好了，至於要調查的是斷頭之謎或未知生物都無所謂。

不過……

「我……想先確認。」

扶琳的期待還是落空了。

「我想先確認，偵探先生是不是真的能夠『推翻所有的可能性』。」

扶琳仰天長嘆。真是白費工夫。

偵探一副自信滿滿的模樣，抓抓那頭像金龜子一樣帶有光澤的藍色頭髮，神情愉悅地說：

「那就決定了。大門先生，我們什麼時候比試？」

大門不悅地抓著帽簷，拄著拐杖起身，往門口走去。

「……三天後。給我三天時間。我不會想個愚蠢的詭計，而是會想出真的有可能實行又難以推翻的詭計。有辦法推翻的話，你就試試看吧。」

「那委託人的證詞呢？要再找一天約出來請她向你解釋嗎？」

「不用了，在電話裡談就行了。比賽的時間地點我會再通知你。告辭。」

在拐杖「叩、叩、叩」的寂寥聲響中，老人走出了事務所。

＊＊＊

扶琳在桌底下踢了偵探的小腿。

「好痛！」

偵探喊得很大聲，但這種力道根本算不了什麼，若是和她認真起來的程度相比，剛才那下子簡直像是羽毛的輕撫。

「別這麼生氣嘛，扶琳……委託人不是也想確認嗎？再說不管是怎樣的愚蠢詭計我都想得到。這個事件之中有三個謎題——是誰殺死了少年、如何分開遺體和凶器、少年為何被殺。能解釋這些謎的假設並不多，能符合其他瑣碎狀況證據的就更少了。」

偵探撫摸著小腿一陣子，接著向神情恍惚的渡良瀨溫柔地說：

「對了，渡良瀨小姐，關於調查的酬勞，接下來不會加收任何收費，妳就當作是附送的福利，安心地看熱鬧吧。」

渡良瀨眨著眼發愣，然後慌張地鞠躬。

「對、對不起，有勞您如此費心……」

你想怎樣就怎樣吧。扶琳一臉放棄地把穿著高跟鞋的腳翹在桌上，偵探在旁邊囉嗦她也充耳不聞。事到如今，她已經顧不上禮貌或追加收費了，現在就連拿不拿得到工作酬勞都還是未知數。

一定是她平日多行不義才會遭此天譴，再不然就是沒給賄賂才惹得老天爺不高興。扶琳板著臉吸著菸管，口中像火龍一樣噴煙，她想靠自己的方式從煙霧中占卜天意，但煙的輪廓飄忽不定，是圓是方都看不出來。

吉凶莫測。等在前方的究竟是喜還是憂呢……

第二章 避坑落井

紅葉漂在排水溝的漆黑水面上。

在日本稱之為「花筏」……不對，這應該叫紅葉筏吧。秋意已深，前方的參道蓋滿了大大小小的無數枯葉。「霜葉紅於二月花」……像盆栽般小巧精緻的日本風景當然比不上長江三峽的雄渾壯麗，但無論是哪裡的紅葉都同樣引人大發詩興。

扶琳正沉浸在不像她會有的感傷中，突然覺得作嘔，急忙摀住嘴。

「怎麼啦，扶琳？妳又宿醉啦？這種每晚宴樂的生活真是奢華啊，不過妳都這個年紀了，最好別再過得太墮落，多注意一下自己的肝指數喔……」

也不想想這是誰害的！

無論是講日文或講中文，少一根筋的發言都會惹人發火。她昨晚豪飲的理由百分之百是因為這個男人。若是他拿不到酬勞，付不出貸款利息，還得賣掉一顆腎臟就糟了……虧她這麼體貼地為他著想，想盡辦法幫他說話，他卻偏偏自尋死路，真是無可救藥。

為了讓他明白自己困窘的處境，乾脆剝掉他幾片指甲算了——扶琳就是為了壓抑這股日漸強大的衝動才會越喝越多。

比賽的地點是一間寺廟。

這是東京都多摩地區有名的古剎，名叫「深大寺」，約有一千三百年歷史，在關東是第二悠久的，僅次於淺草寺。

兩旁滿是楓樹的參道走到底有一道窄窄的石階，爬上石階，再進入茅草屋頂的山門，便到達了寺廟境內。一走到境內就能看見正前方的正殿，有幾個外國觀光客拿著相機到處拍照。

大門已經來了，他穿著和三天前同樣的服裝。

他站在正殿旁邊一棵葉子枯黃的大樹下，背對著山門，仰望樹梢。他大概察覺了扶琳等人的腳步聲走近，便背對著眾人說：

「太慢了。你遲到了兩分鐘喔，上苙君。」

偵探拉起外套袖子，看看手錶。

「……我的手錶顯示現在剛好準時。」

「你戴的還是那個老舊的手動機械錶吧。我戴的也是機械錶，但這可是得到了瑞士天文臺最嚴苛的QF認證的精品，孰優孰劣一看便知。」

大門慢慢地轉過身來。

「你的時間也落後了喔，上苙君，就像你的手錶一樣。」

這兩人一見面就立刻脣槍舌劍地過起招。扶琳的身邊跟著身披休閒外套和圍巾的委託人渡良瀨，她今天明明要上班，卻特地請假來觀戰，看來她是認真的了。

大門好像還想說些什麼，但他只是動動下顎，就閉上嘴，把帽簷往下拉。

「算了，再說下去也只是對牛彈琴，對基督徒說佛法。我們快開始比賽吧，上苙君。不過請你先去那邊的手水舍洗洗手，再到正殿參拜。既然來到別人家裡，也該向主人打聲招呼。」

老人用拐杖指著附近亭子裡的一口井。

偵探看著那邊點點頭，順從地照做，扶琳和渡良瀨也跟著做了。

＊＊＊

偵探把零錢丟進賽錢箱，深深一鞠躬。

一旁的渡良瀨也做了同樣的動作，而扶琳雖然也做了，卻沒有給香油錢，因為她不打算賄賂神明，沒必要奉獻金錢給日本的宗教團體，再說宗教對她而言，唯一的價值就只有宗教法人的免稅條款可以用來洗錢。

一行人走回來，看見大門坐在小小的摺凳上，那大概是他自己帶來的。他將拐杖如長刀一樣拄在雙腿間，那傲然的筆挺坐姿就像歷史劇中的武將。

「開始辯論之前，我先把話說清楚。」

大門出言提醒。

「如同上次提過的，我等一下要說的是自己都覺得可笑的滑稽詭計，不過上苙君啊，你可得正經嚴謹地反駁才行喔，知道嗎？」

偵探點頭說：

「這是當然的，用不著再三強調。」

「你可別因為我說的是歪理就打算也用歪理來回應喔，你的反駁一定得奠基於事實和證詞。你不是要證明『做了』，而是要證明『沒做』——也就是所謂的『惡魔的證明』。你真的理解這種絕對不利的讓步規則嗎？」

「當然。」

「你也別以為過去對我用過的招式這次還是行得通喔，你以前之所以能獲勝，只是因為『證明的責任在我身上』，如今情況已經不同了，我這次不受現代法律精神的束縛。不只如此，這根本是連『Affirmanti incumbit probation non neganti』（承擔證明責任的應是肯定事實的人，而非否認事實的人。）這句羅馬法的法諺都不適用的野蠻法庭喔，要是由我擔任辯護律師，我一定會向法官吐口水，在臺上放屁，立刻丟下比賽走人。」

「無須擔心。就算沒有羅馬法，還是有舊約聖經的摩西律法和新約聖經的耶穌福音。」

……還說什麼無須擔心？聽到這種話才讓人更擔心吧。

扶琳焦慮到尿酸值都要上升了。管他什麼羅馬法或摩西律法，就算她是個不法之徒也很清楚這次的比賽規則對偵探極為不利。只要不能證明「沒做」就會被視為「做了」──如果這麼蠻橫的規則都行，那麼強迫購物和提款機轉帳詐騙都算合法了。將要來臨的不是神之國，而是罪犯的天國。

大門貌似同情地嘆了口氣。

「是嗎……既然你同意，我也不再多說了。你就好好努力地推翻我的愚蠢詭計吧，真理會越辯越明的……」

老人站了起來，踏過落葉，靠著大樹而立。

「聽好了，我這個詭計的靈感取材自兩位日本的文學家，其中一位和這深大寺淵源頗深，他既是詩人又是歌人，還是個童謠作家，這位文士的名字是……」

獵帽底下的銳利目光盯著偵探。

「北原白秋。」

＊＊＊

……北原白秋？

扶琳歪著腦袋。她自認還算熟悉日本文化，但文學就不是她的拿手領域了。

「喔，你是說《回憶》嗎──『我的故鄉柳河是水鄉澤國』……」

偵探一點就通，還吟起一段文字。從他的反應可以看出那是頗具代表性的日本詩人。站在旁邊的委託人也驚訝地說著「咦？白秋？您是說那位白秋嗎？」。

老人像青蛙一樣張口大笑。

「你是在暗示你已經從這個提示中猜出了我的詭計嗎？」

「所有的詭計我都想過了。當大門先生指定深大寺為比賽地點時，我就猜到可能會有哪些詭計了。」

「喔？你想說我還沒翻出你的掌心嗎？你真的以為自己是釋迦牟尼啊？不對，依照你的信仰，應該說以為自己是『全知全能的上帝』。要驕傲還太早喔，上苙君，就算你想得到同樣的點子，也不見得能推論出同樣的假設。」

大門的手在斗篷底下摸索。他裡面穿的是傳統日式服裝，前襟底下露出了鼠灰色的和服。老人從懷裡掏出一個透明的袋子。

「在說出假設之前，我先簡單地提一下這樁事件的概況，以及有待證明的疑問。」

他扯開袋口，抓出烤成焦黃色的方形餅乾，餅上印著不倒翁的圖案。那是瓦片煎餅吧。扶琳在參道兩旁的土產店裡見過。

「這件事發生在十五年前。」

老人用門牙咬斷瓦片煎餅，發出清脆的聲響。

「地點在某縣的深山。有個宗教團體發生了集體自殺事件，教祖和信徒總共三十三人，除了一人之外全數死亡……」

他蜥蜴般的烏黑眼珠發出銳利光芒，口中卡滋卡滋地不停嚼著煎餅。

「但是有一個難以解釋的情況。唯一生還的少女身邊躺著身首異處的少年，被判定是凶器的鍘刀卻離遺體很遠，位於豬圈旁邊。

鍘刀的重量超過五十公斤，年幼的少女不可能搬得動，基於同樣的理由，她也無法移動遺體。而且兩人以外的所有教團成員都死在從外面鎖上的『聖殿』裡，少女也打不開這道門，所以不可能是其他人移走的。

那麼，到底是誰砍斷了少年的頭，又把屍體和凶器分開呢？

也就是說，這次的辯論重點是要幫『屍體和凶器不在一起』這種不可能的情況找出可能的解釋。到這裡都沒有異議吧，上苙君？」

「沒有。」

偵探若無其事地回答。那輕鬆的態度讓扶琳有些火大。竟然還這麼悠哉！這場比賽只有對手不受規則限制耶！這可不像日本的「橫綱相撲」能讓人氣定神閒地正面應戰喔！

沒辦法了。扶琳艱辛地起身。

「等一下，這些確實是重點，但還有其他事情需要解釋。」

大門的黑眼珠骨碌一轉。

「妳是指什麼？」

「首先，要有動機和理由。就算物理上有可能實現，如果沒有解釋動機，就不算是完整的假設。此外還有殺死少年的理由、遺體斷頭的理由、少女待在祠廟的理由……這些問題你都得做出合理的解釋。」

「我知道。」

「還有一些細節也請你一併解釋，譬如板車為什麼會出現在水車附近、為什麼慰靈塔的柱子會被拆下來拿到水車旁燒掉、在同樣地點找到的麻繩是做什麼用的、為什麼少年要測量小豬的尺寸……」

「我知道。妳以為我當了多久的檢察官啊？」

「還有一點，就是『少女為什麼認為自己抱著少年的頭』，尤其是那個『頭』究竟是什麼東西。因為委託人認為『是無頭的少年抱她離開的』，所以這一點當然也要解釋。」

大門緊抿嘴巴，拉拉帽簷，不高興地說：

「……我明白了。不過這位小姑娘的要求未免太多了，我可不記得自己何時改行當了婚禮顧問……」

幹麼把人家說得像個對婚禮細節斤斤計較的新娘！

乾脆用西西里黑手黨處罰違反緘默幫規者的方式，把瓦片煎餅全塞進他的喉嚨裡吧……算了，反正她已經布了局，若是苗頭不對，還可以從根本之處拆了他的立足之地。

扶琳轉頭看看偵探，他仍是一副事不關己地享受著日光浴，相較於一旁委託人的悲壯神情，他也太悠然自得了吧？如果這傢伙是蛇，一定要把他的皮剝下來做三弦琴。

大門又在懷裡摸索，這次他拿出來的是鋁罐裝的茶。他拉開拉環，一口飲下，鼻子呼出了白濛濛的熱氣。

「……沒有其他問題了吧？那我要開始說明我的假設了。這次我想到的是『凶器消失詭計』。」

＊＊＊

凶器消失詭計……

大門的刀終於出鞘了，那會是一把寶刀，還是鈍刀呢？

「要讓屍體和凶器分開有兩種方法，一種是砍了被害人的頭之後再移走斷頭臺，一種是殺人之後移走屍體。前者是讓凶器從現場消失的『凶器消失詭計』，後者則是『屍體移動詭計』，我這次的假設選擇的是前者。」

……照常理來判斷，答案一定是這兩者的其中之一。此外當然還有屍體和凶器都被移動過的第三種可能性，但扶琳想不出有什麼理由這樣做，也看不出這種做法有什麼好處。

……然後呢？

「首先是案發現場，我認為少年是『在祠廟被殺害的』。」

「證據呢？」

扶琳反射性地問道，但她立即發覺自己失言了，這個問題根本沒有意義。

「……小姑娘，妳應該知道吧，『我沒有義務提供證據』。」

大門啜飲著罐裝茶，態度冷靜得令人火大。

「我『只需提出可能性』。雖然祠廟裡面驗不出被害人的血，但我認為那是因為『現場的雞血干擾了檢驗結果』。

如果這是一般的法庭，我的假設會因為『祠廟裡驗不出被害人的血』被視為證據不足，遭到駁回。但在這場比賽之中，只要『可能因為某些理由驗不出被害人的血』，我的假設就算成立。這可是你自己選的路喔，上苙君。」

正是如此。

在這場比賽中，對方「只需提出可能性」。

他沒必要嚴謹地證明每個細節。若是違反物理法則，或是沒有半點根據的荒謬「可能性」，當然不算「可能的假設」，但是只要符合狀況證據，而且並非絕無可能，老人就能任意捏造「真相」。如今他們就是要跟這種信口開河、胡扯些龜毛兔角的傢伙正面對抗。

要比喻的話，這就像是規規矩矩地和老千對賭，完全看不到勝算……

扶琳越想越鬱悶，此時大門把雙手盤在胸前，閉上眼睛。

隨即吟起一首詩歌。

「『水車快轉快轉。梅雨中的晴朗，應當盡情歡享』……」

扶琳艱辛地抬起視線，不明白他幹麼突然唱起歌來。

「這是北原白秋作詞、多田武彥作曲的〈梅雨中的晴朗〉其中一段。」

他剛才也提過這位詩人，此人究竟代表著什麼樣的詭計？扶琳偷瞄著身邊的偵探，發現他只是靜靜地微笑，不知道是早已看穿對方的意圖，或者只是在裝模作樣。

「白秋的故鄉──九州筑後地區的柳川是遍布著湖泊河渠的『水鄉澤國』，灌溉用的水車在這個地方一定很常見。而深大寺也是水源充沛的地方，過去以盛產蕎麥粉聞名，水車在這裡也相當普及。

據說白秋移居東京之後很喜歡深大寺這個地方，時常來訪，這個湧泉之地一定令他想起了故鄉。『高山流水深大寺，潺潺淙淙語清涼』……」

大門講到這裡停頓片刻，彷彿在豎耳傾聽不存在的山谷水聲。

「沒錯，上苙君，關鍵就是『水車』。」

老人第三次喝了茶。白煙在葉間灑下的陽光中飛散。

「談論怪力亂神是最愚蠢的。如果人力無法做到，利用機械就行了。人類的文明來自創意，只要使用道具和智慧，就能化不可能為可能，這種克服阻礙的過程才是最有人味的，人類就是跨越阻礙而成長的生物啊。你不這麼認為嗎，上苙君？」

哼。扶琳翻著白眼挖起耳朵。這老頭真是愛說教，逮到機會就要教訓偵探一頓，但是在她看來，現在才想矯正偵探的思想，就像要把雞變回蛋一樣為時已晚。

「……你想說斷頭臺是用水車移走的？」
因為偵探始終沒有反應，扶琳忍不住問道。
「你前面囉哩囉嗦講了一大堆，最後竟然是這麼無聊的答案？這種假設一下子就能推翻了，因為『當時瀑布已經乾涸，水車也不轉了』。連這麼簡單的事實都沒注意到，足以證明你已經痴呆了。」
既然沒注意到，當然不會去解釋。
但是老人沒被激怒，反而轉頭望向一旁的渡良瀨。
「對了，那邊的小姐，妳有沒有發現剛才那首〈梅雨中的晴朗〉有哪裡不對勁？」
被圍巾蓋住半張臉的渡良瀨像鐘擺一樣左右歪著腦袋。
「不對勁……？我沒注意到……」
「妳不覺得第一句『水車快轉快轉』很奇怪嗎？為什麼不是『轉啊轉啊』，而是『快轉快轉』？」
「啊……」
渡良瀨終於聽懂了，她點著頭說：
「這麼一說確實有點奇怪。一般描寫水車的轉動都會說『轉啊轉啊』。
呃……是不是因為把河流擬人化呢？像是叫河流去轉動水車……」
「不對，『轉動水車的是人』。這首歌的敘述者是在鼓勵自己『讓水車轉得更快』。」
「自己去轉動水車？河裡難道沒有水嗎？」

「『故鄉柳河是水鄉澤國』，不會像這樁事件中的河川一樣乾涸。」
「人跑過去把轉動的水車轉得更快不是很危險嗎？會被捲進去吧？」
「如果水車是由河水轉動的，那的確很危險。」
渡良瀨呆住了，扶琳也聽得一頭霧水。這老頭真的痴呆了嗎？
「……也罷，年輕女孩當然聽不懂這些話。」
大門露出微笑，又嚼了一片煎餅。
「古時候做為農具的水車可以分成兩種，一種是靠水流轉動的動力水車，用來做碾米之類的工作，另一種則是靠腳踩轉動的汲水設備，名叫『踏車』。」

＊＊＊

……踏車？
扶琳從來沒有聽過這個詞彙。從「腳踩」二字倒是可以想像出那個畫面……
「剛才那一段是在描述人踩『踏車』的景象。順便告訴你們，踩踏車的不是農民，而是從外地來到村裡的巡迴劇團演員，他們是為了清理場地，才拚命地踩踏車排掉觀眾席的積水。
踏車的運作原理是踩動葉片轉動輪軸，利用葉片汲水。換句話說，這和一般的水車相反，不是靠水轉動水車，而是轉動水車來運水。」
和扶琳想像的畫面一樣。這個點子確實很有趣，不過……

「那又怎樣？」

她抓到機會就開始挑剔。

「少女的腳骨折了，怎麼可能踩得了水車。難道你想說她用的是手嗎？原來你要說的不是怪力亂神，而是怪力少女啊？」

大門悠然地喝著茶。

「這位小姑娘真是不服輸啊。我等一下就會解釋，先讓我把話說完吧。話說『踏車』這種農具現在已經沒人在用了，因為電動幫浦方便多了。不過你們這種年輕人倒是會使用另一種類似的機械，那就是健身房的跑步機，正式的名字是『Treadmill』。」

「Treadmill？」

時代一下子躍進了上百年。她還以為這老人仍然活在過去的年代，沒想到他還跟得上潮流。

「Treadmill 本來指的就是踏車，但跑步機的原型並不是來自農具，而是來自刑罰。十九世紀英國的監獄曾經把『長時間踩踏車』當作刑求的手段，這才是跑步機的始祖。順帶一提，戲劇《莎樂美》的作者奧斯卡・王爾德也受過這種刑罰，因為他和年輕的阿弗列・道格拉斯是同性戀人的關係，結果被對方的父親控告。大概是牢獄生活耗損了他的身心，他出獄之後就銷聲匿跡了。這種剝奪人性尊嚴的酷刑如今卻被用作維持健康的手段，說起來還真諷刺……」

老人仰望著藍天，被陽光照得瞇細眼睛。

「其實『Treadmill』的語源就是來自農業，『tread』指的是讓牛馬之類的動物行走，而『mill』的意思是磨坊。古代歐洲也經常利用動物代替水車和風車來磨麵粉，換句話說，就是『利用動物代替人去踩踏車』。」

扶琳終於明白大門要表達的意思了。

用動物代替人。

「也就是說……利用村裡養的豬？」

渡良瀨驚訝地問道。老人點頭回答：

「沒錯，教團為了過自給自足的生活而養了豬，少女——小時候的妳——就是利用那些豬來轉動水車搬運斷頭臺。」

＊＊＊

利用家畜轉動水車……

扶琳抬頭仰望天空那片如羊群般的卷積雲，若有所思。這個點子真是異想天開，但又不是毫無可能，利用動物完成的詭計在推理小說之中的確很常見，但是……

「村裡確實養了豬，但又不能保證豬在那時候還活著。」

「我已經說過很多次了，我不需要保證什麼，我只要提出可能性就行了。」

「當天不是舉行了『最後的晚餐』嗎？既然叫作『最後』，認定所有的豬都被殺了也很合理吧？」

「當然合理，不過這只是其中一種可能性，算不上反證。」

老人如石獅般一動也不動，注視著雲朵。

「你們的反駁必須奠基於明確的事實或證詞，如果那位小姐能作證『所有的豬都被吃了』，我的假設就不成立了。遺憾的是她在最後的晚餐之後『沒有去豬圈確認』，所以你們不能否認可能還有豬活著。」

依照警方的調查報告，並沒有發現存活的豬隻。

不過牠們可能是在案發後才死掉或被宰掉，若是屍骸被火焚燒或早已腐爛，就查不出死亡時間了。況且警方又沒理由仔細調查家畜的屍骸，所以光憑調查報告沒辦法推翻案發時還有豬存活的假設。

「依照你的假設，這些事都是少女做的，那她應該多少會記得……」

「少女早就說了不記得最重要的部分。會導致受害者喪失記憶的病症多的是，譬如解離性障礙、逆行性失憶症……等等。這一點我之後也會提到。」

扶琳望向身邊的渡良瀨，雖然她沒有瞪人的意思，但她與生俱來的三白眼看起來太凶惡，渡良瀨被嚇得猛搖頭。

「對、對不起……我不記得了……」

扶琳嘖了一聲。算了，如果委託人還記得那些事就不會來找偵探了，這也不能怪她。

只能認了。既然如此，還是用更實際的方式反擊吧。

「……如果用這種方法，斷頭臺不會在半路卡住嗎？」

「這也只是其中一種可能性，我不需要回答，但我姑且提一句『村裡的河流從祠廟筆直流向東方』，乾涸的河道就是祠廟和水車之間的直路。」

「就算有一條直路可以把斷頭臺從水車運到祠廟，那斷頭臺是怎麼搬來水車旁的？從水車到斷頭臺還有一段距離喔。」

「這也可以靠水車做到，只要費點工夫就行了。譬如說……將繩索從水車牽到斷頭臺，穿過斷頭臺的滑輪，再將繩索牽回水車綁好，然後用水車收回繩索，就可以把整個斷頭臺連鍘刀一起拉到水車旁。只要利用水車和豬圈之間的山路，就不會被障礙物卡住。」

老人毫不遲疑地回答。扶琳察覺到渡良瀨的視線，她似乎開始懷疑偵探的論調了。

「你說豬可以轉動水車？讓豬爬上去踩水車，聽起來真是比踩大球更精采的特技表演呢。」

「踏車有兩種，一種是從外面轉，一種是『從裡面轉』。如果像黃金鼠玩滾輪一樣讓豬在水車裡跑就很簡單了，堅固的鐵製水車應該撐得住豬的重量。」

「豬進得了水車嗎？」

「少女說過那個水車『大到可以讓人鑽進去玩耍』，而且水車是少年設計的，他想改造的話簡單得很。」

「少年為什麼要做這種無意義的改造？」

「當然有意義。用豬驅動水車這個計畫的準備工作就是他做的，等一下我說明動機的時候就會提到了。」

扶琳接連不斷的質疑並沒有對大門造成任何打擊，可見他這個假設準備得很周全。或許可以轉而從動機下手，但是他一定又會找藉口開脫。

現在該怎麼辦呢？

才剛開始比賽就覺得前途一片黑暗。扶琳迴避著渡良瀨的視線，一邊把玩著空菸管。她真想抽抽菸轉換心情，可惜寺內全面禁菸。扶琳當然不可能突然變成守法公民，她只是怕偵探又開始囉嗦，也不喜歡引起警察注意，所以在公共場所都盡量不做違法的行為。

她又看看身旁的偵探，他依然按兵不動。都到了這種局面，他還是沒有進攻的打算。

他那安然自在的態度令她更焦慮了。為什麼還不吭聲啊！不過他一向習慣先聽完對方的主張再一口氣提出所有反駁，大概是反擊的時機尚未成熟吧。

扶琳當然也可以靜靜地旁觀，讓偵探自己去處理，但她最不擅長的事就是忍耐。再說，偵探拿到的酬勞等於她能收回的債款，換句話說，委託費用是屬於她的，既然這場比賽賭的是她的錢，依她的個性當然不會袖手旁觀。

該怎麼辦？

乾脆自己出招吧？

「……我就退讓一百步，承認用豬轉動水車搬運鍘刀的方法行得通吧。」

扶琳謹慎地篩選措詞，靜靜地布局。

「可是為什麼要用這麼麻煩的方法？既然有豬可以用，直接讓豬背著鍘刀不就好了？」

首先是放線。這釣餌或許大了點，但若先在對話中灑餌，對方一定會有所反應。

大門詫異地揚起一邊眉毛。

「我不知道妳問這話的用意何在。就算妳的說法駁倒了我的假設，那也只是換了另一個假設，又不能因此『證明奇蹟』……」

扶琳表面上還是維持著撲克臉，其實心裡非常緊張。這釣餌果然太大了嗎？

「……但我還是可以回答妳。」

大門又喝了一口茶。

「聽好了，小姑娘。妳還記得豬跑出豬圈的事吧，他們後來必須『用板車』把豬帶回去，因為豬是膽小的動物，只要有一點風吹草動就窩著不動了，所以『少女沒辦法隨意操縱豬的行動』。若是硬拉的話，說不定豬又會跑掉。」

上鉤了！

「你說得很對。」

扶琳抓緊機會展開攻勢。

「如你所說，豬是膽小的動物，環境稍有變化牠們就會窩著不動，這麼膽小的豬被放到水車裡，又怎麼可能乖乖地踩水車？又不是黃金鼠。我可以跟你打賭，你想的詭計『沒辦法轉動水車』，你不相信的話可以弄一隻豬和一架水車來驗證看看，但是經費由你來出。」

扶琳像握刀一樣舉起菸管，指著老人的鼻子。

看你要怎麼接招。扶琳觀察著對方的反應。在條件如此不利的比賽中，唯一可行的戰術就是這個——以子之矛攻子之盾。利用對方的言行去反駁他自己的論點。對方用無數的可能性做為擋箭牌，怎麼攻擊他都有辦法開脫，就算追究事實的真假也無濟於事。既然如此，乾脆用他自己的話、『他自己承認的事實』來反駁，這才是最妥當的……

然而。

大門的表情還是沒變。

啊哈！老人突然張口大笑。啊哈，啊哈，啊哈哈！他笑得非常開心，肩膀和腹部都不停抖動。

「哎呀，小姑娘，原來妳打的是這種算盤啊……」

笑完之後，老人拄著拐杖起身，從扶琳和偵探之間走過去。

大門走向手水舍以外的另一個亭子，裡面擺著香煙裊裊的大香爐。扶琳等人跟了過去，看見他從袖口取出東西。那是線香和火柴。大門點燃幾根線香，插在香爐裡。

「竟然想用我的話對付我，果然是個小丫頭啊。我對這種戰術再熟悉不過了，也不想想我和上苙君對抗過多少年，這種騙小孩的伎倆對我怎麼可能管用呢……」

他又劃了一根火柴，點燃另一支線香。

「不過小姑娘的眼力倒是不錯，我這次最頭痛的就是這一點，換成是上苙君一定也會攻擊這一點。這招的確不容易防守啊，用鞭子趕豬會被水車的幅條擋住，用槍去刺又會妨礙水車轉動，在漫畫裡只要把飼料吊在豬的面前就能哄牠走，但現實中的豬可沒這麼好對付。坦白說，我本來已經準備放棄這個假設了。」

他又劃亮火柴，但這次沒有再點線香，而是把火舉向眾人。

「直到我發現這水車……」

火苗在風中搖曳。

「是『鐵製』的。」

扶琳變了臉色。

火柴、火、「鐵製」水車。

難道……

「妳知道了吧，小姑娘？」

在火光對面，大門皺著臉孔笑了。

「用火代替鞭子就行了。少女為了移動斷頭臺，『用火烤熱鐵製的水車，逼裡面的豬跑起來』。豬、鐵製踏車、火——我的詭計就是靠著這三件神器完成的。我命名為『火烤家畜踏車』。」

＊＊＊

這一瞬間，扶琳彷彿看見了鮮紅的火焰。

過去的記憶浮上她的腦海。豔紅的烈火。燒熱的鐵。悽慘的哀號。而這個殘酷火刑的犧牲者當然不是豬……

「岡本綺堂《半七捕物帳》……」

老人繼續解釋的聲音打散了她的暴虐回憶。

「這是大正昭和初年的經典偵探小說，主角是在江戶當過捕快助手的老人半七。其中一則短篇〈三河萬歲〉提到了『貓舞』——讓貓跟著三味線的音樂跳舞的街頭表演。這是江戶真實存在過的技藝，訓練貓的方式相當殘忍，要把貓放在燒熱的銅臺上，貓因怕燙而不斷抬腳，看起來就像在跳舞。」

渡良瀨「咦」了一聲，摀住嘴巴。

「把貓……放在燒熱的銅臺上？太殘忍了……」

她一點自覺都沒有嗎？如果這個假設是正確的，那她自己做過的事更殘忍。

不過……這樣就叫殘忍？

扶琳想起一些無關緊要的知識，不禁嘲笑自己。古時被金人擄走的宋徽宗、宋欽宗曾經被迫用狗的姿勢走在燒熱的鐵板上，殷商的紂王和妲己發明「炮烙」之刑，命人走在燒熱的銅柱上（或是抱著銅柱），更是殘忍到出名的酷刑。

西班牙用於異端審問的「西班牙椅子」是讓人坐在鐵椅上，底下再用火盆加熱；羅馬皇帝對聖勞倫佐施行的火刑是把人放在鐵網上烤；日本迫害基督徒所用的「蓑踊」是把蓑衣綁在人的身上點火燃燒……翻開人類的酷刑史，絕對少不了這些創意十足的火刑。

「避免燙傷的動作是出自脊髓中樞神經的不自主反應，跟豬的意志無關，用這種方法就能強迫豬跑起來。

北原白秋、岡本綺堂——就是這兩位文士為我提供了靈感。如何啊，上苙君？連你也想不出這麼殘忍的詭計吧？」

這老人的確略勝一籌。扶琳只能服輸地這麼想。

偵探的腦袋雖然聰明，但他性格溫厚，多半想不出「用火趕豬」的點子。這倒不如說是她的專長，如果她不是只顧著借酒澆愁，事先仔細看過報告書就好了……

她懷著懊悔的心情打量偵探，發現他用戴著白手套的右手遮住半張臉。

扶琳大吃一驚。這個動作是……

——沉思默想（Brown study）。

這是偵探的習慣動作，表示他正在深入思考。

遮住一隻眼是為了排除無關的事物，睜開一隻眼是為了看見隱藏的事物……可是他怎麼會在此時做出這個動作？這可是他的殺手鐧啊……

難道……大門的詭計完全超出他的預料，逼得他非得使出這招不可？

扶琳焦躁地彈著舌。一開始就不該接受這場比賽的……

事到如今，說這些也沒用了，現在應該盡量爭取時間，讓偵探能充分地思考。

「……少女用火烤活豬的畫面還真刺激，挺符合我個人的喜好。」

扶琳啣著空菸管，往前走出一步，讓對方的注意力集中在自己身上。

「害我好想吃烤乳豬啊。不過我的疑問更多了，少女不是很疼愛那些豬嗎？她怎麼捨得這樣凌虐自己辛苦養大的豬？」

「不是有句話叫作『愛之愈深，恨之愈切』嗎？沒關係，除了這個問題以外，還有少年被殺的理由、砍頭的理由，以及剛才說過的少年改造水車的理由——我現在就照著時間順序一次解釋完，因為個別回答太浪費時間了。

聽好了，各位。我對整個事件的假設大概是這樣……」

大門開始描繪假設的全貌。

＊　＊　＊

少年逃過了集體自殺之後，直接抱著少女跑到祠廟。

逃到那裡主要是為了避開火災的濃煙，此外少年也打算和少女一起在那裡「等待外界的救援」，因為遲早會有人注意到山裡的火災，這麼一來教團的異狀也會被發現。

當前最重要的是水和食物。少年大概顧慮到儲糧室可能被餘震震垮，所以先把一些食物搬到祠廟。食物越多越好，村裡養的豬和雞也得好好利用。

這裡的氣候「很容易讓肉腐壞」，如果一次殺光就太糟蹋了，但水和鹽巴都不多，也沒辦法醃起來。

這時少年使出了只有工藝技術高明的他才做得到的方法。

那就是「發電」。

只要製造電力，讓冰箱恢復運作，就能保存家畜的肉和其他容易腐壞的食材了。而他所用的設備就是剛才提過的「火烤家畜踏車」。也就是說，這東西本來是他「利用家畜來發電的設備」。

會想到把豬做為動力來保存豬肉還真是沒良心，但在危急之中也顧不得道義了。少年在集體自殺的前幾天悄悄地製作了這個設備。順帶一提，板車是用來「把豬搬運到水車上」的，因此板車才會出現在水車旁邊。

有了萬全的準備，少年和少女就一起展開了等待救援的生活。

這兩人後來卻為了一件事發生爭執。

那就是「寵物小豬的處置方式」。

＊＊＊

「寵物小豬的處置方式……？」

渡良瀨似乎非常緊張，大概是剛才的「貓舞」所造成的。

「難道……堂仁『想把小豬當成糧食』嗎？」

「這也是理由之一，更嚴重的問題是『小豬的飼料』，因為斷奶前的小豬除了消耗水之外，還會消耗兩人重要的營養來源——脫脂奶粉，換句話說，小豬會『分掉人的糧食』。

只有水和脫脂奶粉特地放在『藏小豬之處』，就是為了『防止小豬偷吃』。但是後來發生了少年沒預料到的情況，譬如搬出來的糧食損失了一部分之類的不幸事件。總之，兩人基於某種理由面臨了糧食危機，個性務實的堂仁只好忍痛決定宰掉小豬。」

「可、可是……」

渡良瀨無力地試圖反駁。

「堂仁答應過我要連小豬一起救出去的……還說要測量牠的尺寸……」

「那只是用來安撫妳的說詞，事前觀察小豬的成長狀況大概是要估計牠什麼時候會斷奶，或是為了拿捏『殺來吃的時機』。」

「怎麼會……」

渡良瀨臉色發青。扶琳並不心疼小豬，但是反駁不了大門著實令她惱怒——光看可能性的話，他的假設並無不妥之處。
大門點燃剩下的所有線香，插進香爐。
「這只是我的假設，不過從狀況證據來看，這是說得通的。沒問題吧，小姑娘？我要繼續說下去囉……」

＊＊＊

就這樣，少年打定主意要宰了小豬。他好說歹說，終於說服了少女，開始做準備工作。他不打算使用處理家畜的斷頭臺，而是要在祠廟的祭壇前殺豬，因為他不是要把小豬當成家畜宰掉，而是要讓小豬和他們一樣以信徒的身分在神的面前死去。這應該是少女的心願。
少年利用斷頭臺的鍘刀、祠廟的鳥居、麻繩，在祭壇前做了一個簡易斷頭臺。用斷頭臺斬首當然是為了模仿「聖人的死法」。他把可憐的小豬固定在斷頭臺下，準備齊全之後，就在少女面前效法教祖在集體自殺前進行的儀式，莊嚴肅穆地誦念祈禱文。
事情就是在這時發生的。聽到少年祈禱的聲音，少女的心漸漸失衡了。
失去心愛寵物的悲傷、只有兩人生還的罪惡感及孤獨感……最嚴重的是依然清晰留在她腦海中的慘案畫面，在各種情緒交相打擊之下，少女的精神狀態逐漸崩壞。
最後，少年唱著祈禱文的身影，和教祖如惡魔一樣揮著斧頭砍掉信徒腦袋的畫面重疊了。

在這瞬間，少女終於崩潰。

心愛的寵物要被惡魔殺掉了——由於這種錯覺和驚慌的影響，少女不加思索地拿起祭壇上層用來舉行奉獻儀式的刀……

毫不猶豫地刺向少年。

＊　＊　＊

啪的一聲，有東西落在砂石地上。

渡良瀨的包包掉在腳邊，她的臉色如蠟一樣蒼白。

「我……刺殺了堂仁……？」

「怎麼……怎麼可能……」

大門抓著帽簷，慢慢搖頭。

「小姐，我說的只是『可能的情況』……就算我的假設正確，也沒人會怪罪小時候的妳。而且，或許這才是『妳真正想知道的事』。因為妳在潛意識之中聽見了模糊的懺悔聲，為了找出真相，妳才會來告發自己……」

渡良瀨用顫抖的手撿起包包。她的反應非常激烈，這也是應該的，畢竟她刺殺了如此愛護她的少年，用他的命來換小豬的命，對她自己和少年來說，這都是不幸的結局。

對扶琳這個局外人而言，大門的假設聽起來只是胡謅，但她實在無法否認有這種可能。「受到潛意識裡罪惡感的譴責而來告發自己」，這聽起來就像深層心理學的老套論點，不過正是因為老套，感覺更加合理。

要說這就是真相確實很有可能。這麼一來，偵探再怎麼反擊也無法動搖對方的論點了。

因為這是「現實中發生過的事」。

老人瞟了渡良瀨一眼，然後閉上眼睛，用憐憫的語氣說：

「……我知道妳很難受，但是請再忍耐一下，我的話就快說完了。只要解釋完『火烤家畜踏車』的詭計就結束了……」

＊ ＊ ＊

少女的力氣不大，但若刺中動脈之類的要害，還是會造成致命傷，只要掌握得好，甚至有辦法傷到骨頭。

總之，最後的悲劇就這麼發生了。

照理來說，事情到此應該要結束了，但「新興宗教」這個條件把少女引導至更瘋狂的結局。殺死少年之後，少女回過神來，為自己犯下的罪驚恐萬分。為了「抹消自己的罪」，少女想到了一條教義。

沒錯，就是「復活」。

這個教團好像只是隨便套用了別人的教義，但他們確實對一種思想有著深厚的信仰，那就是「救贖靈魂」的思想。期待耶穌的復活和救贖的末日思想、靈魂的淨化、對成聖的憧憬……再加上信徒都是「犯過罪的人」，可以想見這個教團的主旨是「救贖有罪的靈魂」，也就是「赦免及救贖犯罪的人」。

其中一個象徵就是「聖人復活」——因神的恩寵而成聖的人捨棄了犯罪的舊生命，接受純潔清白的新生命。「捨棄過去，在這個教團裡重獲新生」大概也是在暗喻及模仿這種觀念。無論怎麼說，教團裡確實有著「復活」的觀念。

從結果來看，是這條教義驅使少女做出了可怕的行動。只要成了「聖人」，死了之後就可以「復活」——少女根據教義想到這一點，因此「決定讓少年成為聖人」。

如果少年成了「聖人」，等到他哪天「復活」，自己就不算殺人了——少女大概是這樣想的吧。雖然這個想法很幼稚，但我可以理解年幼的女孩是多麼拚命地在自我防衛。

少女接下來的行動都是為了讓自己這樣想，因而製造了「狀況證據」。

因為信徒必須模仿聖人的死法，所以她放下鍘刀，將「碰巧倒在簡易斷頭臺下」的少年砍下腦袋。

接下來還得毀滅自己殺人的證據，所以她用少年的衣服擦乾淨刀上和地上的血跡，後來她又用這把刀在這裡「殺雞」，因此警方檢驗不出少年的血。

要成為聖人必須有「奇蹟」，所以少女參考了以前聽過的「斷頭聖人」奇蹟，編造出「在豬圈旁的斷頭臺被斬首的少年活生生地走到祠廟」的故事。為了讓這個故事更可信，還得「把斷頭臺的鍘刀從祠廟移回豬圈旁」，但她又搬不動鍘刀。

煩惱的她終於想到了解決的辦法，那就是使用之前說過的「火烤家畜踏車」來搬運鍘刀。

一個普通的少女或許想不出這種辦法，但她是不是有可能早就聽過少年提到類似的點子呢？譬如明治時代的銅線工廠就是靠水車來拉長銅線──若是擁有這類用水車來捲東西或拉東西的靈感，少女還是有可能想出這種辦法的。

不管原因為何，總之她想出了這個辦法，並且加以實行。

順帶一提，踏車裝置是少年在外面工作的時候製造的，少女只需要用繩索把鍘刀綁上去。水車旁邊出現燒剩的繩索就是因為這樣。

水車旁還有燒焦的「慰靈塔」的木柱，這是少年拿來燒火驅動水車發電用的。「最後的晚餐」用了村裡所有柴薪來燒營火，柴薪可能已經燒得半點都不剩了，再加上村裡被火災燒成一片荒蕪，能用的木材只剩下慰靈塔和鳥居。整根柱子都變成焦炭的原因大概是在火烤水車的時候不小心燒到的吧。

如同那位小姐剛才所指責的，「用火趕豬」是很殘忍的事，很難想像少女狠得下心，但她當時已經精神失常，也有可能是要用火懲罰不聽話的豬。關於這點可以有很多種解釋。

少女製造出這些狀況證據之後，來到了自我防衛的最後階段。

「更換記憶」。

她在心中捏造出「斷頭的堂仁把她抱到祠廟」的故事，說服自己相信，忘掉其他不利於自己的一切事實，隔天醒來之後，她的記憶就更新了。

總括來說，利用「火烤家畜踏車」讓凶器消失的詭計，以及捏造故事來自我防衛，這兩點就是「奇蹟現象」的成因。

＊＊＊

如同突然關掉電視，寂靜充滿了寺廟境內。

大門的獨白終於說完了，他語聲一歇，風正好吹起，颳掉了他的帽子。老人用沉穩的動作撿起帽子，拍拍泥沙，重新戴上，然後用蜥蜴般的烏黑眼珠凝視著偵探。

「……如何，上苙君？你覺得我的假設怎麼樣？」

哈！扶琳用肢體語言表示了嘲弄之意。

拙劣至極。從頭到尾充滿了可能、如果、或許。這才不是推理，只能算是創作。這老頭根本就是自說自話，把已經發生的事實硬扣在自己的瞎說。

但她還是無法咬定「絕對不可能」。

小女孩用刀一刺的確可能造成致命傷，少年的確可能「剛好」倒在斷頭臺下，人本來就會為了逃避罪責而湮滅證據，自行更換記憶的病症也是真實存在的。再說那是孩子的想法，一個精神尚未成熟的少女就算秉持不合理的動機做出不合理的行動，也不能說是違背常理。

看渡良瀨的臉色越來越蒼白就知道了，她一定也覺得大門的假設很有說服力，一方面或許是因為老人形容得繪聲繪影，另一方面也是因為她自己的記憶缺漏太多。想必是真的發生了『嚴重到令她不得不遺忘的可怕事實』，才使得她必須把自己的記憶改寫成「奇蹟」。

扶琳自知是在垂死掙扎，仍然努力做出最後的反擊。

「……依照你的假設，豬圈旁的斷頭臺上也留有少年的血跡不是很奇怪嗎？」

「少女的衣服上有少年的血跡，只要當作是她在利用『踏車』詭計把鍘刀放回去的時候把血沾到臺子上就說得通了。而且斷頭臺上的血跡不多，經過風雨和餘震，現場的痕跡幾乎全消失了。」

「用來轉動踏車的豬到哪去了？」

「我已經說過了，少女是為了相信奇蹟而製造『狀況證據』，所以用於詭計的豬當然都……」

「都處理掉了？疼愛寵物的溫柔少女一下子就變成這麼冷酷無情的女人？」

「不能把心神耗弱時的人格和原本的人格相提並論。再說，小姑娘，妳也有過這種少女時代吧？」

扶琳淺淺一笑。

「我忘記問了，委託人記憶中『像人頭的東西』是什麼？」

「喔喔。」

老人仰望天空的卷積雲。

「我想過幾種可能性，但是有太多解釋，我不確定該選哪一個。既然都推論到這裡了，其實不需要想得太複雜。

用火趕豬轉動水車收回鍘刀需要花上一些時間，少女獨自在水車旁燒火一定很寂寞，自然會想要找個伴……」

扶琳訝異地皺起眉頭。

「……你是說，她在燒火時抱著小豬？」

「也有這個可能，不過她若想要豬來陪伴，水車裡面就有豬了。既然說是『像人頭的東西』，那東西的形狀一定跟人頭一樣。也就是說，那東西正是少女斬下來的『少年的頭』。」

＊　＊　＊

渡良瀨聽見這話差點癱倒。

扶琳反射性地揪住她的後襟。還好她的手夠長。

「謝、謝謝妳……」

被扶琳拉住的委託人用細若蚊鳴的聲音道謝，扶琳露出職業笑容回答「不客氣」。

她沒有義務照顧渡良瀨，但考慮到客人尚未付錢，還是不能太過怠慢。

「……對不起，我說得太直接了。」

大門垂低視線向她陪罪。其實血腥的話題早就扯得夠多了，如今再扯到人頭也算不了什麼，不過委託人聽了一定還是會大受打擊。這哪裡是神聖的奇蹟，只是單純的凶殺案罷了。

可是，就算這樣……

扶琳露出自嘲的笑容。

該怎麼反駁對方的論點呢？

能挑剔的地方多的是，譬如說，有必要特地在祭壇前造一個簡易斷頭臺嗎？少女想得出這麼複雜的方法來湮滅證據嗎？斬首造成的大量出血，會因為一點雞血就檢測不出來嗎？風雨能消除拖行鍘刀的所有痕跡嗎？

但是，在這些地方糾結也無濟於事。

就算質問他，他還是有辦法開脫，只要舉著「可能性」的大旗，無論是多麼牽強的理論都能算數。

想讓對方無法狡辯，就得用確切的證詞或物證來縮小可能性的範圍。但這件事發生在多年前，能提供證詞的人只有一位，又因為風雨和餘震的影響而缺乏像樣的物證，簡直是山窮水盡，怎麼抓得住像鰻魚一樣滑溜的對手呢？

連偵探都祭出了「沉思默想」這招殺手鐧，顯然是走投無路了。即使想玩弄詭辯也沒有材料可用……不對，在詭辯的分明是這老人。

沒辦法了。絕對贏不了的。他們怎麼對付得了如此狡詐的對手……

當扶琳開始考慮放棄這場比賽時……

哈啾！偵探打了個噴嚏。

「請放心吧，渡良瀨小姐。」

他吸著鼻涕說。

「妳用不著為了沒犯過的罪煩惱。」

扶琳維持著回頭的姿勢愣住了。

她如同仕女圖的模特兒僵在原地，然後看見偵探從外套口袋裡拿出衛生紙，擤了鼻涕，東張西望地找垃圾桶，結果到處都找不到，只好把揉成一團的衛生紙再塞回口袋。

「你還是一樣能言善道啊，大門先生，你這東拉西扯的風格其實還滿有趣的。真沒想到你除了白秋之外還能扯到岡本綺堂，讓我突然好想重溫那些小說。不過……」

他以戴著白手套的手抓抓藍頭髮。在扶琳的視野中，那綠如翡翠或炒銀杏的眼睛放射出金石一般的堅定光芒。

「這種可能性『我早就想到了』。」

＊＊＊

「什麼！」

扶琳和大門異口同聲地喊道。大門會有這種反應很正常，而扶琳也難掩臉上的驚訝。「早就想到了？」

「渡良瀨小姐，請翻開我給妳的報告書，第一百二十八頁。」

在偵探的要求下，渡良瀨慌忙從包包中取出一疊紙張，正要去翻的時候，還先擔憂地望了偵探一眼，看到偵探微笑點頭，她才鼓起勇氣翻開。

「啊，喔喔……！找到了！就是這個嗎？第三章『凶器消失』第三節，『以動物做為動力回收鍘刀的可能性』……！」

老人睜大了眼睛。

「怎麼可能！」

扶琳一把搶過委託人手中的報告書，眼睛瞪得渾圓。

有寫。

真的有寫。

「……等一下，你不是也對他的詭計感到意外嗎？」

「妳在說什麼啊，扶琳？我的考察不會遺漏的。」

「那剛才是怎麼回事？你為什麼使出『沉思默想』？」

「沉思默想……？喔喔，我剛才只是想忍住噴噓，看起來像是在做那個動作嗎？如果害妳誤會真是抱歉，大概是我不自覺地使出了敘述性詭計……」

什麼嘛！

「你真的早就想到了？既然如此，為什麼不早點開口啊！你知道我是多麼努力地在拖時間嗎！」

「妳是刻意在拖時間嗎？不好意思，我都沒發現。哎呀，我還以為你們討論得正熱烈，不好意思隨便插嘴，而且我好久沒看到妳這麼賣力的模樣了，所以……」

殺殺殺殺殺殺殺……

扶琳的腦袋裡充滿了殺字，如同張獻忠在成都建立的「七殺碑」。順帶一提，「七殺碑」的故事是後人的創作，原型是張獻忠為了教化百姓而立的「聖諭碑」，只是改了一些字。這事不重要。

偵探往前走了一步。

那件比秋天楓葉更紅的長外套揚起下襬，藍髮在風中飄搖，按在胸前的白手套的金線在陽光下熠熠生輝。

「大門先生，想不到連你這種硬派也會說出這麼俏皮的話。不過很遺憾，你的假設有一項嚴重的缺陷——在集體自殺後的那一天、那一個地方，『已經沒有豬可以用了』。」

＊＊＊

啪沙啪沙。一群鴿子落在靜謐的寺廟境內。

除此之外杳然無聲。大門像金剛門神一樣緊抿著嘴，板著一張臉，用蟾蜍般的黑眼珠瞪著偵探，過了一會兒才拄著拐杖劃過砂石走來，停在偵探面前。

「你說沒有豬了？」

「是的，大門先生。你的假設用的是不存在的動力。」

「少女又不記得有多少隻豬。或許那頓晚餐真的吃光了全部的豬，但是你並沒有證據。」

「你錯了，我有。」

兩人正面對峙，大門過了良久才退開，走回摺凳坐下，再次將拐杖如刀一般豎立在雙腿間，目光銳利地盯著偵探。

「那你就證明給我看吧，偵探。」

偵探點點頭，走到大門身邊，把手伸進老人的透明袋子裡，說著「給我一片吧」，拿起一塊瓦片煎餅走向正殿。

他捏碎煎餅，灑向滿院的鴿群。

「請回想一下少女的回憶之中豬跑掉的那件事。」

接著他開始說明。

「少年抓住豬之後，發現牠脖子的名牌夾裡沒有號碼牌，然後他從少女手中接過了牌子，發現少女疼愛的豬是『12號』。問題來了，為什麼少年知道『這隻豬是12號』呢？」

大門的臉又變得像羅剎，張大嘴巴「啊？」了一聲，一副想找人打架的模樣。

「這是什麼蠢問題？當然是因為看到名牌上的數字啊。」

「因為名牌上寫著12，所以少年知道那是12號……你是這個意思嗎？」

「難道還有其他的意思嗎？看到數字12就知道是12號，這有什麼好懷疑的？」

「那可不一定。」

偵探用腳在砂石地上劃出大大的數字。

「名牌上的號碼是用『電子時鐘般的方正數字』寫的。用這種字體寫的『12』……」

他在數字旁邊繼續用腳劃線。

「顛倒過來就會變成『21』。」

他站在兩個數字之間攤開雙手，一手指著一邊的數字。

「少女只是『默默地把名牌遞給少年』，所以少年接過名牌時還不能確定這數字是12還是21，也就是說，少年不可能立刻知道這是『12號』。」

老人的目光斜睨著地面。

「……或許少女是先把牌子朝向少年再遞過來。」

「少年接過牌子得先『打橫』才能看，所以從少女遞來牌子的朝向，無法分辨是12

或21。」

「或許牌子上有其他特徵可以分辨出哪邊是上方……」

「少女的證詞說牌子上『只有』簡單的數字，而且少年說過『在我看來每隻都一樣』，所以不可能是因為認出了那隻豬。既然如此，少年知道那個數字是『12』的理由只有一個……」

偵探一揮手，將煎餅碎屑遠遠地灑出去，鴿子興奮地紛紛飛起搶食。

「那就是豬的數量『在二十隻以下』。」

扶琳望向偵探的腳邊。原本數也數不清的一大群鴿子如今剩下不到二十隻。

「豬的號碼是照順序排的，依照少女的敘述『除了病死的11號和這隻小豬之外，每隻豬都會無一例外地照著順序被宰來吃』，可知缺少的號碼只有11號。在這個條件下，如果豬的數量在二十一隻以上，那個數字『可能是12，也可能是21』，那麼少年就無法立刻分辨出是哪一個了。

但少年並沒有猶豫，為什麼呢？『如果豬的數量在二十隻以下，就不可能是21號』，所以他立刻知道這個數字是12。少年僅從一張名牌認出12這個數字，便能證明豬的數量在二十隻以下。

還有，習慣上會照號碼牌的順序把豬宰來吃，而接下來要被宰的是12號，可知『1號至11號的豬都不在了』。當時村裡最多有二十隻豬，減去十一隻，剩下九隻。對了，如果數量多一隻，用二十一減去十二，正好是卡布列克數的計算方式。跟案件無關就是了……」

沒想到他會在這時舊話重提。都什麼時候了，幹麼還扯那個什麼碗糕數？

「現在請你回想一下『最後的晚餐』的場面，當晚『每個人都吃到了一隻豬腳』。教團全員都參加了晚餐會，所以總共是三十三人。一隻豬最多只有四隻腳，如果被吃掉的豬在八隻以下，最多只有三十二隻豬腳，會有一個人沒吃到，由此可見，當天的晚餐會『至少吃掉了九隻豬』。

村裡『最多只有九隻豬』，而晚餐會『至少吃掉了九隻豬』，所以豬的數量必定是九隻，而且都在晚餐會之前宰掉了。這麼說來，在集體自殺後，除了少女的寵物小豬之外，村子裡一隻豬都不剩了。」

偵探又站在大門面前，和老人正面對峙。

「以上，證明結束。」

大門好一陣子沒再開口。他坐在摺凳上如木雕佛像一動也不動，像是在思索。漫長的思考，彷彿連時間都靜止了。在一片如同觀望老虎沉眠般的緊張感之中，老人終於發出吐氣聲，時間又開始轉動。他這一口氣長得好像要擠出全身的空氣。

「原來如此。」

他反覆說著。

「原來如此……」

老人慢慢抬起頭來，視線往上方游移，彷彿在數著空中的雲朵。葉影和葉間篩落的陽光在他的身上畫出了斑點。

就像一隻晒日光浴的烏龜，老人伸長脖子承接著秋日的陽光。

「……我輸了。」

最後他說出這句話，拉低帽子蓋在臉上。

＊　＊　＊

扶琳安心地吁了一口氣。

還好老人爽快地認輸，沒再找亂七八糟的藉口來開脫。換成是她一定會繼續硬拗，胡扯一些「或許第九隻豬沒被殺，只是砍掉一隻腳」之類的理由。

不過，老人已經接受「全部的豬都在最後的晚餐之前宰掉了」的說法，可見偵探實實在在的論證令他輸得心服口服。

辯論的過程雖然驚險，最後總算是贏了。扶琳偷偷地打量委託人，發現她無力地癱坐在地上。說她是殺人凶手的假設被推翻，她一定放下了心中的大石。

扶琳扶著渡良瀨起身，一手環繞著她的背，慢慢走向山門。趁著老人還沒繼續找碴之前趕快離開才是上策。

剛才被偵探誘走的鴿群此時都聚集在山門前，扶琳如摩西渡海一樣從鴿群之間走過，途中回頭一看，偵探向大門一鞠躬，然後才跟上來。雖然對方滿口叫他騙子，他的禮貌依然如此周到。

突然間，老人低沉的嗓音傳入了她的耳中。

「等一下，上笠君！」

扶琳的心臟開始狂跳。偵探也停下腳步。

「還有什麼事嗎，大門先生？」

老人撐著拐杖站起來，用前傾得幾乎趴倒的姿勢走了幾步。

「你到底要做這種蠢事到什麼時候？」

「當然是到證明『奇蹟』為止。」

「你以為你真的可以證明『那種事情』嗎？」

「可以。我是這麼想的。」

現場的氣氛瞬間又變得緊繃，但老人這次很快就打消了戰意。他嘆了一口氣，聲音聽起來像殘破的竹笛，然後肩膀悄然垮下。

「……真是愚不可及啊。你真的想靠著人類有限的智慧去挑戰宇宙的無限嗎？雖然我對數學一竅不通，但我還是知道有很多向無限挑戰的數學家最終都成了神經病。我可不想看到你步上他們的後塵……」

喔？扶琳有點驚訝，從老人這番話聽起來，他似乎是為了偵探著想。難道這兩人之間不只是敵對的關係嗎？

「就像挑戰連續統假設的康托爾，以及繼承他遺志的哥德爾。」

偵探也凜然回答：

「放心吧，大門先生，我要挑戰的不是那麼艱難的問題，我只是想證明這世上真的有奇蹟。你把這份擔心留給今後準備挑戰未解決數學難題的年輕數學家吧。」

「『只是想證明這世上真的有奇蹟』嗎……」

斗篷外套的下襬揚起，老人又搖搖欲墜地踏出一步，臉上的皺紋擠得更深，看不出究竟是哭還是笑。

「聽到你這句話，我就更確定了，上苙君，快放棄那偏執的念頭吧，你的理性已經到達崩潰的臨界點了。

聽好了，上苙君，忘了『那個義大利人』吧。你應該為自己而活，你的母親一定也不想看到孩子為了報復自己的敵人而陷入瘋狂。」

「……如果我在剛才的比賽裡輸給你，或許我會承認自己的理性確實不足，不過贏的人是我，所以你這句話聽起來只像是不肯服輸……」

「不是的！」

老人激動地搖頭。

「不是的，不是的，上苙君……『你並沒有贏』，當你推翻我的假設時就等於是輸了。如果你繼續走這條荒蕪的道路，遲早會……」

就在此時。

一個白色的東西蓋住了老人的臉。

……鴿子？不對。那不是活生生的鳥，而是羽毛。一件手工打造的精緻作品。

扇子？

扶琳察覺到周遭瀰漫著一股香氣。

這種清新甜美的濃郁香氣彷彿是在邀人踏進仙女的花園……

白檀？

在老人的背後，一片輕薄的白色衣襬飛起，接著出現的是同樣潔白的毛皮帽。那裡站著一個人，身高比大門還高，手腳和腰肢如白鶴一般纖細。

那人用白色的羽扇遮住老人的嘴，以帶有口音的日語說：

「請等一下，再說下去就違反契約了喔。接下來是我的工作，如果你洩漏太多情報，我會很不高興的。」

＊　＊　＊

「儷……」

扶琳一看見那人的臉，立刻脫口喊出一個名字。

「儷西！」

赫然現身的中國女人闔起白扇，朝扶琳瞥去冷冷的一眼。

「……好久不見了，老佛爺。」

女人用帶刺的語氣打了招呼，從老人的身後走出來。

和豐腴的扶琳相比，她的體型苗條得有如模特兒，皮膚白皙，臉蛋小巧，與其說是美女，更不如說是優雅清純的美少女，那婀娜的腰身細得彷彿一扯腰帶就會折斷。

女人手扠著腰，用目光上下掃視著扶琳。

「看來妳還是一切安好。不過才一陣子不見，妳好像又長大了些？嗯……這好像不叫長大吧？該說是……變胖嗎？」

她操著不靈光的日語吐出羞辱之詞，但扶琳已經震驚到顧不得對方的無禮了。為什麼這個傢伙會在這裡……？

「妳……怎麼會來日本？」

儷西對扶琳露出嘲弄的笑容。

「嗯，為什麼呢……我過海關時說的理由是觀光。」

「海關……？難道妳是用正常的管道入境的？妳怎麼拿得到簽證？」

「拿不到的話，就只能自己做了。」

「日本的恬淡清雅和性喜奢華的妳合不來，妳還是快滾回上海的老巢吧，回去之前可以先去秋葉原買些土產當紀念品。」

「難得和久違的朋友重逢，怎麼能說這種話呢？不過冷淡無情確實是老佛爺向來的風格……」

儷西一邊回答，一邊露出不祥的微笑走過來，把擋在中間的委託人一把推開，在扶琳面前站定。

她對嚴陣以待的扶琳微微一笑，接著又從旁邊走過去，走到聚集在正殿前院的鴿群中。

鴿子感覺有人走近，全都拍著翅膀逃向空中。儷西歪著頭仰望鴿群，露出一副不理解的表情說：

「真奇怪……為什麼日本人不吃鴿子呢？」

扶琳愕然無語，這時偵探帶著驚訝和好奇的表情走過來。

「扶琳，這是哪位啊？」

「……宋儷西，我以前的工作夥伴。」

當著委託人的面，扶琳不方便詳述那些工作內容。總之這個女人很難對付，她的根據地是上海，不知怎麼會突然跑來日本，可以確定的是她一定有某種企圖。

扶琳明知問不出答案，還是姑且一試。

「……妳剛才說違反契約，那是什麼意思？」

「哎呀？」

儷西回過頭來，用無辜的眼神看著她。這女人果然不肯透露。她一旦打定主意保密，就算扶琳使盡渾身解數也沒辦法逼她說實話。

「……這樣啊。那妳就盡情地觀光吧，再見。」

扶琳立刻拉著委託人的手走向山門。三十六計走為上策，既然不知道對方有何企圖，最好別去招惹她。無論這個女人的目的為何，保持距離才是最安全的……

「……咦？」

渡良瀨發出驚呼。

「對、對不起！請等一下！報告書……」

她抽回被扶琳拉著的手，在包包裡翻找。剛才那一大疊紙張已經不見蹤影。難道……

「妳在找的是這個嗎？」

儷西一手扠腰，另一隻手把報告書高舉過頭。扶琳一臉厭煩地按著自己的額頭。是在推開委託人的時候摸走的嗎？這女人的手腳還是跟以前一樣不乾淨。

「……沒關係，不用擔心，還有存了電子檔的隨身碟……」

「妳說的是這個嗎？」

儷西舉起扠腰的那隻手，夾在兩指之間的珍珠白隨身碟在秋日陽光的照耀下閃閃發亮。

「順便告訴你們，事務所電腦裡的資料已經被我刪掉了，雲端硬碟裡的備份也消失無蹤了。我儷西雖然不是專業竊賊，但我細心盡責的工作態度可是大受好評喔。」

偵探一聽就變了臉色。

「妳說什麼？等一下，我對網路安全的注意可是比別人謹慎好幾倍耶！就算是高明的駭客也很難入侵。難道……妳用了特洛伊木馬病毒？還是用了中國製造的偽造半導體零件之類的東西開後門……」

「錯了，我是用噴火槍和錐子燒破事務所的玻璃窗溜進去，再從聖經上劃線的部分推測出密碼入侵電腦。」

只是普通的小偷嘛。不過，看偵探會用聖經劃線這種老套的方法留下密碼提示，就知道他的網路安全意識到什麼程度了。

「……我明白了，妳要的是錢吧？可惜那份報告書不如妳想像得那麼值錢……」

扶琳提心吊膽地問道，儷西只是哼了一聲，走向旁邊的長椅，從椅子上的大提袋裡拿出一個金屬箱子，把報告書和隨身碟放進去，還扣上一個掛鎖。

她又走了回來，把鑰匙丟給偵探。

「老佛爺真是三句話離不開錢……不過看到妳還是老樣子真叫人高興，請繼續保持下去吧。

關於我來日本的目的，表面上的理由是觀光，事實上是來勘察準備買下的不動產，正事忙完之後，我預定順便和偵探先生比試一下推理。

嘻嘻，我突然想到，中文的『偵探』和日語的『探偵』是顛倒的呢。閒話就不多說了，總之偵探先生寶貝的報告書就在這個堅固的箱子裡，如果想要拿回去，就接受我的挑戰吧，時間地點我會再通知你。啊，我不會偷看這份報告書的，所以請放心吧。我的客戶也再三叮嚀我不准看，所以鑰匙放在你那裡，當作是我的保證吧。」

一口氣說完之後，儷西又走回長椅，把箱子放回大提袋，雙手抱起袋子，然後走到大門身邊，推著他走向出口。
「後會有期。老佛爺，再會。」
經過扶琳身邊時，她戲謔地揮揮手，隨即走出山門。
只留下了一縷白檀的香味。
留在境內的三人呆立不動。
「早就……」
扶琳喃喃說道。
「早就跟你說過要加強防盜了……」
「可是……事務所也沒什麼東西好偷的啊……」
偵探也是一臉錯愕，呆呆地望著手中的銀色鑰匙。
「那、那個……剛才那位女士的日語到底是很好還是很差……？」
或許是儷西散發出的氣氛太不尋常，渡良瀨提出了完全偏離方向的問題。
扶琳神情疲憊，無力地搔著頭回答：
「那個女人的身上沒有一件事是可信的……」
她走向再次降落在山門前的鴿群。
違反契約？雖然不知道是怎麼回事，但肯定有人在暗地裡作怪。到底發生了什麼事……

扶琳一靠近，鴿群又本能地飛起。在這片灰色羽翼的包圍中，扶琳突然感到自己彷彿落入了深深的井底。

避坑落井——還以為閃過了一個坑洞，卻出現了更深的井。這是個陷阱嗎？他們能不能平安地避開這個洞呢……

第三章　坐井觀天

扶琳步伐沉重。

感覺就像是上刑場。在上次的不期而遇之後，儷西寄來了邀請函，地點是橫濱的一間高級中華料理店。想必不是出自招待美食的熱情。

要被烹煮下鍋的是食材還是我呢……？橫濱中華街北口的黑色玄武門出現在眼前，但扶琳只覺得自己正要走進監獄的大門。

＊＊＊

店裡裝潢得十分豪華，像是在模仿中國的宮廷文化。

天花板高得離譜，大概有三層樓高，大廳也寬敞得有如某種典禮會場，店員領他們去的席位是坐得下十人的大圓桌。這種奢華沒有讓人感到賓至如歸，只覺得如坐針氈。

前幾日出現過的女人穿著一襲銀白服裝，像天子坐鎮朝堂一樣坐在圓桌的上座。她穿的是隋唐時代后妃的豪華服飾，全身上下點綴著珠寶，手上緩緩搖著一把白色孔雀羽做的羽毛扇，左右兩邊還站著持芭蕉扇的侍女，看起來就像西遊記裡妖怪變成的某某公主。

她如同接受臣民覲見的女帝散發著一股威嚴，而她也確實是這間店的老闆。這女人的根據地在上海，但世界各地都有她的資產和業務。話說回來，她這打扮未免太浮誇了吧？

扶琳隔著圓桌在女帝的正前方就座，左邊是偵探，右邊坐的是委託人渡良瀨。見面之後，扶琳和儷西只是用帶著敵意的視線互相凝視，最後是儷西先開口。

「……歡迎啊，老佛爺，勞妳大駕光臨這個小地方。」

扶琳哼了一聲。

「別在意，儷西，除了女主人比較討厭之外，店裡的一切都很舒適。不過妳這間店的裝潢是怎麼回事？妳打算在這裡開創新王朝嗎？」

「我只是覺得這種風格的高級料理店應該很有意思……」

儷西用羽毛扇撫著下巴，微笑著說。

「目前還沒籌備齊全，但我有在考慮提供服裝出租。老佛爺若是不嫌棄，要不要也租件衣服？免得妳那身樸素的打扮顯得太寒酸……」

「不用了，我今天沒心情打扮。」

扶琳已經脫下毛皮外套，現在身上只穿著黑色低胸洋裝和一條銀鍊，但她一點也不覺得自己不如人。

「是嗎？要是受不了千萬別客氣，隨時吩咐一聲就行了。不過，老佛爺，我可以問一件不相干的事嗎……」

儷西眉頭微皺，看著扶琳的左側。

「那位先生為什麼進了屋卻不脫外套？」

扶琳看看左邊，坐在那邊的偵探依然穿著他那註冊商標之一的大紅外套。

她沉默地凝視著那個男人片刻，又若無其事地轉向儷西。

「……我也不明白。」

她露出了別有深意的淺笑。

「我只能告訴妳，這就是『這個男人的生活方式』，即使別人笑他痴呆、罵他愚蠢，他也絕不改變自己的信念，包括上次說的『證明奇蹟』，還有這件紅外套。無論處於什麼情況，他都不會更換造型，這代表著他『一定要證明奇蹟存在』的堅定意志……」

右邊傳來「咦？」的一聲驚呼，渡良瀨愕然地看著這邊。扶琳也跟著往左邊看，發現偵探毫不遲疑地脫下了外套。

他注意到扶琳的視線，就聳著肩說：

「啊啊，不好意思，我忘記脫外套了。」

侍立於牆邊的女店員──她們都穿著宮女的打扮，稱為侍女還比較貼切──其中一位走到偵探旁邊，以端莊的儀態接過外套，送到寄放處。偵探穿在大紅外套底下的是紅色背心，在色彩上依然沒有變化。

扶琳啣著菸管目送著侍女走掉，然後對儷西問道：

「……『推理比賽』什麼時候開始？」

＊　＊　＊

儷西的上身突然前傾。

花朵形狀的銀髮飾不停顫動，她雙手捧腹，好像在忍耐什麼。

最後大概是忍不住了，她抬起頭來，眼角浮現淚光，格格地笑著。

「哎、哎唷……老佛爺也真是的……妳的急性子還是一點都沒變，讓我想起了我們還很親密的時候。」

扶琳板著臉回答：

「我可不記得什麼時候和妳親密過。」

「哎呀，老佛爺……難道妳才這個年紀就痴呆了嗎？妳不記得我們兩人一起打江山的事了嗎？老佛爺與西王母，我們的惡名可是傳遍了港臺兩岸三地黑社會的每一個角落，讓無數鼠輩和不仁不義之徒聞風喪膽呢。」

「這惡名主要是妳的功勞吧。」

「妳太謙虛了。說句真心話，我儷西直到現在還是覺得妳就這麼洗手不幹真是太可惜了。本來我還很擔心妳洗手之後就荒廢了武功，看到妳還是從前的樣子，我就放心了。不過老佛爺啊……妳好像真的胖了一點耶？如果妳羨慕我的服裝，我可以借一套給妳，只是不知道尺寸合不合……」

「別瞎操心了，我一點都不羨慕。」

扶琳轉換了心情，再次打量眼前的女人。這傢伙……到底有什麼企圖？她說要和偵探「比賽推理」，但她又沒有理由和偵探作對，他們兩人明明沒有見過面，這次的工作酬勞在她眼中也只是一點小零頭。

那句話還是很令人在意……

契約。

難道有個幕後黑手和這個女人及之前的老人訂了契約，引他們走入陷阱？若是如此，這個人或許是老人先前提過的……

儷西拍了一下手，一群打扮得花枝招展的女人魚貫走出，手上捧著金盤銀盤。看來盛宴就要開始了。

扶琳緊繃著臉，從懷中取出菸絲。雖然心裡很不痛快，還是先觀察對方怎麼出招吧，只要報告書還在對方手上，他們就不能輕舉妄動。

她一邊把菸絲塞進菸管，一邊望向儷西。女帝的椅子旁邊有一臺載著寶箱的銀推車，裡面放的多半就是報告書。處處都透著開玩笑的氣氛，沒辦法，這上海女人就是愛搞這種派頭，硬要探究深意就太不解風情了。

不過，那個東西……

有一件事扶琳實在忍不住不問。

「對了，儷西……」

扶琳皮笑肉不笑地問道。

「『那個』是做什麼用的？」

她指著偵探的後方，那裡有個不符合此處宮廷風格的單調透明長方形物體。

一個巨大的水槽。

但是水槽裡沒有水，而是裝滿白色羽毛和疑似保麗龍的白色塊狀物，完全看不出來有什麼用途。

儷西望向那邊，點著頭說：

「啊，那是裝飾品。」

這女人還是一樣撒謊不臉紅。扶琳對儷西的狡猾完全束手無策。

扶琳只能繼續對水槽保持戒備，另一個要提防的東西是端出來的菜。扶琳一臉厭惡地望著陸續擺放在桌上的佳餚，每一道都是色香味俱全、令人垂涎欲滴的高級料理，但若吃下去的話……

儷西用不懷好意的語氣問道：

「怎麼啦，老佛爺？妳還不餓嗎？都快到中午了呢。」

扶琳啣著菸管別開了臉。

「其實我正在節食。」

「這個玩笑挺有趣的。」

「只是成果還沒顯現出來罷了，一開始得先減少內臟的脂肪。我擔心會復胖，所以要花長一點的時間慢慢調理。」

「難道妳是在提防我嗎？我不會在菜裡下毒的。」

「妳就是會一邊笑著說出這句話，一邊把毒藥塗在筷子上的那種人。」

左方隨即傳來哈哈大笑。

「這個詭計的可能性太低了，扶琳，因為妳現在坐的位置本來是我這個主賓要坐的，就算她想事先在筷子上塗毒，也猜不到善變又蠻橫的妳會坐在哪裡。

話說回來，為什麼身為偵探的我坐在旁邊，連助手都不是的妳卻坐在中間呢？妳是不是該給我多一點尊重啊？還有，她不是妳以前的朋友嗎？我不知道妳們之間發生過什麼事，總之別這樣針鋒相對，先好好享受重逢的喜悅，呀～呀～地歡呼……」

「和這個女人在一起絕不可能發出那種可愛的叫聲，慘叫聲倒是有可能……喂！上苙！你怎麼吃起來了！」

「喔喔，我今天沒吃早餐，餓了這麼久，實在抵抗不了這種香味。對了，事務所的冰箱裡還有咖哩喔。妳知道嗎，扶琳？香料的刺激可以活化腦細胞……」

「快吐出來！」

「嗯？」

「把剛才吃的東西全吐出來！」

「哈哈……怎麼可以浪費食物呢？別說了，扶琳，妳看這鍋燕窩湯，這個可是好東西喔，連楊貴妃也很愛吃呢。燕窩飽含的唾液酸有抗氧化作用，既能滋潤肌膚又能抗老化……」

「少囉嗦，快吐出來！」

扶琳踢開椅子站起來，如箭一般撲向偵探。坐在另一邊的渡良瀨說著「咦？不能吃嗎……？」一臉畏懼地放下湯匙。

扶琳急著要去挖偵探的喉嚨，他卻拚命拉開她的手。

「慢著慢著，就叫妳冷靜點嘛，扶琳……如果她真的打算加害我們，就不會大費周章地安排宴席了。她特地把我們找來這裡，怎麼想都是為了『比賽推理』，一定不會做出妨礙比賽的事啦。」

儷西吃吃地笑著說：

「你真有趣。」

她高舉羽毛扇，猛然揮下，一陣白檀的芬芳隨風鑽過料理的香味飄來。

「有冷靜的分析能力，又有在險地進食的膽識，真是穩如泰山啊，就算是敵人也值得稱讚。」

偵探推開扶琳的手，露出「妳看吧」的表情。扶琳彈著舌，悻悻然地回到座位，但她沒有就此卸下戒心，這個表裡不一的女人絕不可能毫無企圖。

儷西睜著如孩童般明亮的眼睛看著偵探。

「但是……有點可惜呢。」

「什麼？」

咻的一下，這次她由下往上揮動扇子。

突然間，偵探的椅子「蹦！」地往上彈起。

偵探的身影瞬間消失在扶琳的視野裡，一陣風從旁吹來，接著後面傳來「咚！」的巨大聲響。

扶琳一時之間還搞不清楚發生了什麼事。

她愣了一下，慢慢轉頭望向聲音傳來的方向，發現水槽裡飄起了無數羽毛和保麗龍碎片，中間隱約出現了一抹藍色。

「我早就摸透老佛爺的個性了。老佛爺一向很小心自己的背後，絕對不可能坐在後方放著奇怪水槽的座位。

接下來，我只要叫手下把委託人領到另一邊的座位，不用想也知道偵探先生一定會坐在那個位置。你明白了嗎，偵探先生？我儷西設下陷阱的是你那個位置……」

「鏗」的沉重機械聲響起，椅子又回到原來的地方。雖然地上有瓷磚紋路做為掩飾，但仔細一看就會發現，從偵探的椅子到後方水槽之間的地板可以像翹翹板一樣掀起，剛才就是這翹翹板把偵探連人帶椅舉起，像灌籃一樣拋進後方的水槽裡。

但是還來不及冷靜分析，水槽側面的板子就開始轉動，蓋在水槽上方，連接在蓋子上的水管開始注水。

在傾瀉而下的大水中，偵探好不容易爬起來，沾著一身的白色羽毛左顧右盼，好像還沒搞清楚狀況。

坐在右邊的渡良瀨拿著一壺烏龍茶僵住不動，扶琳則是緊張地嚥著口水。

「儷西……妳想做什麼……」

儷西垂低臉孔，扇子往下移到胸前，露出白皙的頸項。

「有『某位人物』委託我儷西來和偵探先生比賽推理……」

她又抬起頭來，露出和先前截然不同的熾熱目光盯著扶琳。

「不過坦白說，那件工作在我的眼中一點都不重要。」

她鏗鏘有力地說道。

「接下這件工作時，我唯一的想法就是『利用這機會讓老佛爺重出江湖』。我真正的目的只有一個，就是老佛爺妳。只要妳回到我身邊，其他的事我都不在乎。

老佛爺……妳忘記我們義結金蘭的事了嗎？我和妳是脣亡齒寒的關係，有妳才有我，有我才有妳。看到還有著利爪的獅子沉眠在這邊陲的島國，叫我怎麼受得了呢？這就像是把青龍養在金魚缸中，把朱雀關在鳥籠裡啊。

照我儷西的觀察，讓老佛爺喪志的主因就是這位偵探先生，既然如此，我現在就斷了這禍根，喚醒睡夢中的猛虎吧。妳要恨我也無所謂，若能成為砥石磨去寶刀的鐵鏽，這一切我都甘之如飴。」

喀的一聲，菸管從扶琳的手中滑落。

就是因為這樣。

所以我才說不能招惹這個女人嘛！

＊　＊　＊

扶琳連撿起菸管的力氣都沒了，只是把雙肘撐在桌上，抱住自己的頭。

坐在旁邊的委託人一句話都沒說，大概是不知道該如何應對這出人意料的事態。

咚咚咚。只有一個溼答答的生物敲打水槽的聲音空虛地迴盪著。

「好啦。」

充滿優越感的聲音從扶琳的頭頂降下。

「如何啊？」

「什麼如何？」

「妳若坐視不管，那個男人就會淹死喔。」

「大概吧。」

那聲音沉默片刻，像是在思考。

「看到心愛的男人命在旦夕，把妳嚇得不知所措了嗎？」

「心愛的男人？」

扶琳複誦著對方的話。現場又陷入沉默。

這時有一個人朝扶琳走來。那是侍女中的一人。她鑽到桌子底下撿起菸管，交還給扶琳，還遞給她一盒火柴。該說她服務周到呢，還是該說她不會看氣氛呢？真是令人頭痛。

扶琳嘆著氣接過菸管和火柴，重新點燃菸絲。

「……我說儷西啊，我們對彼此都有一些嚴重的誤解呢。這個男人是死是活，跟我一點關係都沒有，妳就算殺了他也得不到半點好處……」

儷西闔起扇子靠在臉上，不滿地問道：

「只要這個男人死了，妳就會回中國，不是嗎？」

「當然不是。」

這是哪來的想法？

扶琳虛脫地按著額頭。沉默又繼續蔓延，儷西看到這個情況，終於露出疑惑的表情。

儷西如沉思般遙望著遠方，用扇柄在脖子上輕敲，接著彎起細細的腿，把雙腳縮到椅子上，屈膝靠在椅子的側邊，如同檢查指甲油似地把一隻手舉到臉的上方。

然後她喃喃說道：

「……我儷西該不會是搞錯了什麼吧？」

終於發現了嗎？

扶琳覺得渾身無力。雖說這個女人的我行我素也不是一天兩天的事了，但是既然把她捲進來，她絕不會善罷干休。

「……我再說一次，這個男人不是我的情人。」

扶琳以乾澀的聲音說。

「他只是跟我借了很多錢。如果這個男人死了，對我確實是件壞事，因為這樣我就收不到帳款了，除此之外我們沒有任何的利害關係。如果妳聽了這些話還是要除掉這個男人，這筆錢我一定要向妳討回來。」

就在此時。

扶琳注意到圓桌對面飄來了觀察的視線。那銳利的目光看得她心驚肉跳。儷西又打開了羽毛扇，從孔雀羽之間偷瞄著扶琳。不知怎地，她的眼睛似乎帶著笑意。那種彷彿看透了一切的眼神真是討厭。

「……喔？」

儷西張開五指靠在嘴邊，微微一笑。

「老佛爺還是一樣難伺候呢。既然老佛爺這麼說，那一定是真的，我就當作是這樣吧。」

不過情況還是沒有改變，這個男人對妳來說還是有金錢上的價值，一樣可以當作談判的籌碼。」

「這下子又要跟我討贖金了？妳的本行是賣淫仲介，又不是綁架，做自己不習慣的事一定會吃到苦頭的。」

「和老佛爺分道揚鑣之後，我的業務範圍就拓寬了不少唷。不過，比起綁架，我確實更愛賭博，既然如此，老佛爺要不要和我賭一局啊？」

「和妳賭？」

「是的，和我來一場推理比賽。如果妳贏了，除了水槽裡的東西之外，連這間店都送給妳；如果是我贏了……」

桃紅色的嘴唇彎起。

「我要那個男人的右眼、舌頭和五指。老佛爺若是不願意，就回到我的身邊吧。」

＊＊＊

扶琳努力不動聲色，但背後已經冒出冷汗了。

宋儷西，綽號「西王母」的詭異女人。

西王母是中國傳說中的仙女，居住在崑崙山，傳說她的花園中種了能讓人長生不老的蟠桃，不過中國古代的地理誌《山海經》卻把她描寫成豹尾虎齒的野獸，司掌著「天厲五殘」，也有人說她最初的形象就是可怕的鬼神，只是隨著歷史演進逐漸變成了美麗的仙女。

儷西確實同時擁有這兩種形象。「天厲五殘」的天厲指的是天災和疾病，五殘指的是墨（刺青）、劓（削鼻）、刖（斷足）、宮（去勢）、大辟（死刑）這五種刑罰。儷西曾在某黑幫中負責拷問和處刑的職務，因她有著不符合那秀麗容貌的殘忍個性，才被取了這個綽號。（順帶一提，扶琳的外號「老佛爺」指的是中國三大惡女之一的慈禧太后。）

依照這女人的性情來看，剛才那番話絕非虛言恫嚇，和她相識已久的扶琳比誰都清楚這一點。對這個女人來說，斷人肢體比攀折野花更簡單。

「……好吧。」

扶琳只能這樣回答。

儷西滿意地點頭，露出了純白鈴蘭花一般的清純笑容。順帶一提，鈴蘭的花和根都是有毒的。

「妳能接受我的無理要求真是太令我高興了。那麼我現在就開始解釋比賽規則……」

「是『證明奇蹟』嗎？由我代替偵探來推翻妳的假設……」

「我也考慮過這種方法，但我儷西不擅言詞，解釋不是我的長處。那麼，老佛爺，妳看看這種方式如何：『妳來猜我想到的是什麼詭計』，如果妳在那個藍髮美男子淹死之前猜中了我的想法，就算妳贏；若是妳猜中之前他就死了，或是妳先投降了，就算妳輸。這樣比較省事，也比較省時。」

扶琳無奈地仰頭。

這個女人……竟然連假設都懶得說。

好個任性的傢伙，為了實現自己想出的遊戲可以不辭勞苦，對自己討厭的部分卻完全不管，不愧是徹頭徹尾的享樂主義者。

儷西叫侍女送上毛筆和紙扇，然後提筆在扇子上寫了一些字，搧了幾下晾乾墨跡，然後闔起扇子。

「我已經把我想到的詭計寫在這裡了，老佛爺，請開始推敲吧。對了，那個水槽灌滿大約要花三十分鐘。」

扶琳握緊手中的菸管。

「儷西……妳這題目未免太難了吧？我又不是猜得出禹王心中煩惱的猩猩，就算大家都叫我怪物，我也不像妖怪一樣會讀心術。」

「我還覺得老佛爺再過十年就會長出狐狸尾巴呢……不過請放心吧，我儷西可不是專出無理難題來刁難求婚者的紫禁城公主，我還是會給妳一些提示的。」

寶座上的公主優雅地搖著羽毛扇，周圍布滿了白檀的芳香。

「提示『已經出現在這個房間了』。」

扶琳挑起一邊的眉毛。提示「已經出現了」？

「妳好好地觀察吧，要猜多少次都可以。其實我也不想在店裡放些沒品味的裝飾，請妳一定要在那個難看的浮屍水族箱完成之前猜出這把扇子上的謎底。

不過呢，老佛爺，我和妳可是異體同心，這在別人眼中或許是個無理難題，但妳和我是同類，一定想得出正確答案。是啊，正是如此，老佛爺，『只要妳還沒忘記自己是老佛爺』……」

配合著那甜膩的語調，孔雀羽扇如蝴蝶一般左右搖擺。

清冽純淨的白檀香味如神祕的邪術，乘著風撲向扶琳的顏面。扶琳板著臉孔啣起菸管，深深吸了一口，吐出白煙籠罩住自己的身體，如同要抵擋那白檀香味的侵襲。

＊＊＊

扶琳把熟悉的菸草香味當作鎧甲護住自己，同時靜靜地閉上眼睛。

……提示已經出現了？

這隻狐狸精。她的每一步都經過精心算計嗎？她提出挑戰看起來好像只是心血來潮，但是說不定這整齣鬧劇都是她的計畫，早在她來函邀請時，一切都已經安排好了。扶琳雖然心裡不痛快，現在也只能照著對方的劇本演出。

這時，扶琳注意到水槽裡安靜下來了。

她回頭一看，發現變成藍毛落水狗的偵探正在屁股後的口袋中翻找。他在找錢包嗎？觀察了一陣子，扶琳才明白他的意圖。偵探一定是想把錢包裡的銅板插在鞋底當作工具敲破水槽。

若被關在車子裡，也可以靠這應急的方法敲破車窗。但是，那個女人怎麼可能不提防這麼簡單的伎倆……

偵探把全部的零錢倒在掌中一看，然後垮下肩膀。他大概只有一圓的鋁幣吧。這就不是那個女人的問題了。

偵探繼續摸索全身上下的口袋，找到的是書寫工具、筆型手電筒、用過的暖暖包。扶琳不奢望他在日本會帶著手槍防身，但至少要有電擊棒之類的東西吧？

看來不能指望偵探自行逃脫了。

既然如此，只好自己想辦法。扶琳把吸完的菸灰倒在桌上的菸灰缸裡，又塞入新的菸絲。她雖然缺乏人道精神也不愛護動物，但是會下金蛋的雞另當別論，如果讓這個男人死在這裡，她就要損失一億多圓了，如此沉痛的打擊就算神能寬恕，以她的金錢觀也絕對無法容忍。

扶琳又瞥見了儷西揶揄的笑容，便吐出一口煙，用灰濛濛的牆壁擋住那可恨的視線。

扶琳再次打量店內。

宮廷風格的裝潢。

中華料理店裡常見的大圓旋轉桌，桌上擺滿豐盛的高級料理。

筷子、湯匙、陶製菸灰缸、隨侍在旁的一群清秀姑娘、統率眾侍女的女帝。

除此之外就是扶琳自己、委託人，以及水槽中那隻觀賞用的偵探。

提示究竟在哪裡……？

扶琳長長地吐出一口煙。儷西似乎不想讓這片煙霧接近自己，在桌子對面猛搧扇子。

桌上的空氣搖曳著，白煙隨之舞動。扶琳恍惚地看著煙的流動，突然靈光一閃。

「……是風？」

她又吸起菸管，在頭上吹出一個煙圈。

「能轉動水車就能搬運斷頭臺，重點是要有動力才能讓水車旋轉。如果把水車『改造成風車』……」

一陣鈴鐺般的笑聲打斷了扶琳的思考。

「真可惜，老佛爺，這點子不錯，但妳忘了一件重要的事：那個村子位於『風吹不進去的盆地』，所以一到夏天肉更容易腐壞，少年也對少女解釋過，就是因為這樣村裡才需要冰箱。」

扶琳面無表情地倒出菸灰。

剛才只是小試身手，她也不期望這麼快就能想出正確答案。

這個女人似乎很了解這件委託工作的內容嘛。是先前那個老人給她提供了資料嗎？她引用的證詞如此準確，簡直就像親耳聽過委託人的描述……她該不會真的竊聽了吧？

扶琳一邊思考，一邊望向桌面，看見那鍋熱氣騰騰的湯。偵探對這燕窩讚不絕口，說裡面有什麼成分可以美肌和抗老化……

這時，靈感再度掠過她的腦海。

燕窩。

燕子。

「……我知道了。」

扶琳喃喃說道。

「是鳥。少女馴養了野生的鳥來搬運斷頭臺。若是老鷹或雕或貓頭鷹之類的大型鳥類，只要幾隻就……」

儷西呵呵地笑了。

「很有創意。遺憾的是老佛爺又忘了一件事：少女除了少年之外『唯一的朋友是小豬』。如果她馴養了鳥，卻不把鳥算在朋友內，那就太無情了。妳出的招太弱了唷，老佛爺，這種假設連可能性都稱不上吧。」

又失敗了。

看來提出假設比她想像的更難……

扶琳沉著臉靠在椅背上。照這場比賽的規則來看，應該是提出假設的那一方占有絕對優勢，但實際做起來才發現沒那麼容易。不是胡亂想些天馬行空的詭計就行了，還得注意不能和證詞有衝突，更麻煩的是，這次還多加了一條規則：「必須猜中這個女人的想法」，要從無數個可能性之中找到特定的一個，難度更是提高了好幾倍。

扶琳又繼續苦思，但接連被反駁兩次之後，靈感就不再降臨了，她只能任由時間徒然地流逝。

從扶琳陷入沉思之後，又過了十分鐘。

水槽已經半滿了，偵探偶爾會敲敲槽壁，扶琳真想叫他安靜點，別干擾她思考。

「呵呵。老佛爺，那東西很像水牢吧？」

儷西開始跟她閒聊。

「看到這情景，就讓我想起老佛爺被稱為『三白眼水鬼』的時代啊。妳對水刑最拿手了，像是漏斗灌水、溼布蒙臉、在冰天雪地裡浸冷水的懸吊式懲罰椅……」

她說得如唱歌一般節奏十足，一邊屈指算著。

「先給囚犯灌飽水再踢肚子令他噴水的『潛水艇』之刑，在旁人看來也是有趣的表演呢。老佛爺所有的招式之中，我最愛的就是把加了辣椒的汽水搖晃之後灌進鼻子的墨西哥風味水刑……」

扶琳想起了不快的回憶，臉上露出抽搐的笑容。她跟這個女人之間的回憶都是血淋淋的，真令人頭痛。難道對方存心擾亂她的注意力嗎？

「和妳的招式相比，CIA的『坐水凳』等於是小孩子玩水。對了，水車也可以做為水刑的道具呢。說到水牢，我還會想到逃脫大師胡迪尼的水中逃脫術『中國水牢』（Chinese water torture cell）……其實在酷刑的世界裡，『Chinese water torture』只是把水不停地滴在囚犯頭上。

「啊，對了對了，老佛爺，妳知道嗎？這種滴水之刑雖然名稱裡有『Chinese』，發明者卻不是中國人，而是十五世紀的義大利律師希波呂托斯（Hippolytus de

Marsiliis）。這真是太冤枉了，大家都把中國人想成什麼啦……」

靜下心來，別管外面的雜音，從頭開始思考吧。我可能被她那句「提示」誤導了，還是回到基本的分析吧。

就像那個當過檢察官的老人說的一樣，這案子的重點只有一個，就是「如何解釋屍體和凶器分隔兩地的事實」。

在物理上只有兩種方法，要嘛是移動凶器，要嘛是移動屍體。但我想不出有什麼方法可以搬運沉重的斷頭臺，那就只剩把屍體丟出去這個選項了……

這時扶琳突然發現。

把屍體「丟出去」？

她露出苦笑，翻轉菸管彈掉菸灰。

「……妳這是在追加提示嗎？」

「嗯？」

扶琳用菸管指著女帝的眉心。

「答案是霹靂車，或是trebuchet（投石機）。少年利用水車和慰靈塔製作了原始的投石機，屍體是被這個東西拋到祠廟的——這就是妳對這事件所做的假設。」

＊　＊　＊

「trebuchet」——投石機。

這是中世紀歐洲所用的攻城利器，可將巨大岩石拋向敵陣。

它的外表看起來像起重機，或是支點不在正中央的翹翹板。它利用的是槓桿原理，用重物壓下一端，就能拋出放在另一端的投擲物。

雖然這東西的構造簡單得像玩具一樣，但是看它被廣泛運用於實戰，就知道它的性能有多好。投石機的射程是人力遠比不上的，有的甚至能把一百四十公斤的岩石拋到三百公尺之外。

「少年最大的煩惱就是空有逃脫計畫，卻沒有實現計畫的『材料』。」

看見儷西稍微變了臉色，扶琳愉快地笑了。

「製作投石機倒是不難，因為它的構造和翹翹板一樣簡單，只需要槓桿、支點、重物，這三樣東西村子裡都找得到。沒錯，就是用來祭奠家畜的『慰靈塔』、水車的『轉軸』，以及炸毀洞門時落下的『岩石』。

少年計畫用投石機把繩索拋到崖上，再爬上山崖逃走，但後來不知道發生了什麼事，這個裝置竟然被用來拋擲他自己的屍體。此外還有一個重點：『河流從祠廟朝著東方筆直流出』，意思就是『水車的旋轉方向正對著祠廟』，所以用水車製造的投石機當然也是朝著祠廟的方向。」

儷西之前說「提示就在這個房間」，指的就是偵探中的「陷阱」，那種類似翹翹板的旋臂構造和投石機如出一轍。若是旋轉的速度再快一些，偵探一定會像投球機射出的球撞上牆壁。

儷西並沒有驚慌失措，依然微笑著說：

「……追加的提示妳也看穿了？」

「當然。那可是我的專長。」

另一個提示則是儷西口中的「懲罰椅」一詞。

事實上，懲罰椅「也被稱為投石機」。

這是中世紀歐洲用於異端審問的水刑道具，形狀同樣類似翹翹板，前端連接著椅子，利用槓桿原理把綑在上面的人浸到池裡或河裡，讓人受到地獄酷刑般的折磨。

這種刑具在中世紀想必十分普遍，因為它在各地都有不同的名稱，如「懺悔椅」（stool of repentance）、「浸刑椅」（castigatory）、「肥料車」（tumbrel）……等等，也有人根據外型而稱它為「投石機」（trebuchet）。

＊　＊　＊

「答對了，老佛爺。」

儷西啪的一聲攤開紙扇，翻轉手腕，展現上面的文字。

扇面上用英文寫著「WATER WHEEL TREBUCHET」（水車投石機）。

「……不過妳只講對了一半，我的詭計還不只這樣。而且為什麼要用投石機拋擲少年的屍體？為什麼屍體是斷頭的？如果回答不出這些問題，就不算及格喔。」

這女人還沒玩夠嗎？扶琳的耐心快要到達極限了。或許對方根本不打算放了偵探，那她就必須使出強硬的手段了，雖然這樣會很危險。

就在此時……

「砰！」的一聲，有什麼東西被踢飛了。

一片透明的方形物體飛到扶琳的腳邊。她默默地注視著那奇怪的東西。

抬頭一看，竟然看見渾身溼透的偵探站在水槽外。

「你……」

「你是怎麼出來的啊！」

儷西比她先開口了，但偵探沒有立刻回答，而是一派輕鬆地走回圓桌，若無其事地在原本的座位坐下。

坐在右邊的委託人驚訝地張大了口，扶琳的表情也差不多。在這兩人的注視之下，偵探還是從容不迫地擦著臉上的水。

然後，他用拇指比了比後方的水槽。

「我開了一個洞。」

扶琳回頭看著水槽。

側面出現了一個方形的缺口。

她傻眼了。

「你……空手……打破了水槽？可是上苙，這怎麼可能……」

「我又不是剪刀手愛德華。我只是利用了壓克力的特性。水族館魚缸用的壓克力和玻璃一樣透明堅硬，但耐熱性遠比不上玻璃，若是一般的壓克力，只要加熱到攝氏八十度左右就會開始變形。」

「加熱……？難道你隨身帶著瓦斯噴火槍嗎？你又不抽菸，身上應該沒有打火機……」

「雖然我沒有噴火槍或打火機，卻有這個方便的東西。」

偵探的手上轉著一支黑色的筆型手電筒。

「這是超高功率的雷射筆，碰上危險時可以用來攻擊敵人的眼睛。因為功率很高，甚至可以用來點火柴或點菸，火柴的燃點都超過一百五十度了，拿來加熱壓克力綽綽有餘。」

超高功率的雷射筆！

這個跟不上時代的偵探竟然有如此前衛的工具！

「我還有這個，可以當作武器拿來捅人的超高硬度戰術筆。逃脫的過程是先在水槽上畫出方形，用雷射筆加熱軟化，再用戰術筆戳出小洞，然後重複這個動作，做出像郵票邊緣一樣的方形齒孔，最後再用力踢方形的中央，就鑿出一個四四方方的洞了。」

密室突然被攻破了。身為偵探可以用這麼強硬的方法破解密室嗎？

「其實還有另一個方法，就是用一圓的鋁幣和暖暖包的氧化鐵製造鋁熱反應，但是反應夠不夠強還得碰運氣，而且如果反應太強，爆發的水蒸氣搞不好會炸掉整間屋子……」

扶琳到後半已經聽不懂這個男人在說什麼了。她愕然望向對面，發現儷西探出上身，聽得津津有味，如同看到雞蛋的鼬鼠一樣眼睛發亮。

「你真有趣。」

她的羽毛扇往下一揮。

「真是別開生面的逃脫法。你竟然能做出超乎我儷西想像的事，真不簡單。」

偵探輕輕點頭示意，抓抓溼濡的藍髮，然後脫下紅色背心，如擰抹布一樣地擠出水。

或許是出自儷西的指示，幾位侍女走來拿起他脫下的衣服，並奉上毛巾，偵探笑容滿面地接過來。

「哎呀……真是太感謝了，能得到妳的欣賞真叫人開心。不過，宋女士，雖然承蒙妳的讚美之詞，我卻無法回報妳同樣的讚美，因為……」

偵探把毛巾披在脖子上，伸手拿起桌上的紹興酒倒入杯中，像是剛洗完澡的小酌一口喝乾。

他把空杯子舉在臉旁，露出燦爛的笑容。

「這種可能性『我早就想到了』。」

他在水槽裡都聽到了嗎……？

＊　＊　＊

現場氣氛迥然一變。儷西把手肘靠在扶手上，雪白的雙腳交疊，以手背支著尖削的下巴，如酷吏面對罪犯一樣露出了美豔的奸笑。

「……你是說，你已經想到我這『水車投石機』的詭計，也已經推翻了？」

偵探點頭回答：

「正是如此。」

「這個玩笑真有趣，雖然還不及你的驚奇水中逃脫術那麼有趣……」

她以孔雀羽毛扇遮住嘴。

「證明呢？」

偵探望向推車上的寶箱。

「都寫在那份報告書上了……不過，宋女士，現在還沒有輪到我提出反證。」

「什麼意思？」

「妳的假設還沒結束。我沒有義務推翻未完的假設，妳若是還想繼續比賽，就先把缺漏的部分補齊吧。」

「這樣啊……」

她以羽毛的尾端撫過自己白如凝脂的臉頰。

這時委託人很難得地插嘴說：

「那個……我也要拜託妳，因為妳剛才只提到搬運堂仁遺體的方法，還沒解釋堂仁是怎麼死的……」

儷西點點頭，用小指點了一下嘴脣。

「我知道了，你們的要求很合理，只是這事做起來有點麻煩……」

這女人終於說了一句真心話。她果然是懶得說明。

儷西靜靜地思索著，好一陣子才懶洋洋地直起身子，真珠銀耳飾隨之發出叮叮噹噹的聲音。她再次疊起腿，抬高下巴看過來。

「好吧，我就解釋一下吧。」

她把羽毛扇收在胸前，威嚇似的將羽毛朝向這邊。

「我儷西對這樁事件推測出的真相……剛才說的『水車投石機』不過是舞臺上的裝置，運用了這個裝置的劇本才是重點。

現在我要說的是一位少女受到命運無情地捉弄而成為『莎樂美』的故事。請各位準備好手帕，靜聽這場悲戀的發展……」

＊＊＊

要敘述這個故事，就得從少年計畫逃出這村子的事說起。

村子四周都圍繞著斷崖絕壁，易碎的岩質難以攀登，又沒有材料能製造梯子，爪夠也拋不到崖上，利用弓箭還是不行，因為崖上鋪了堅硬的石膏，就算箭射上去了也會被彈開。這裡儼然是一個天井、一座天牢，是大自然打造出來的天然監獄。

那就乾脆放棄，乖乖地當一隻被圈養的家畜？

或是終生當一隻水槽裡的魚？

少年不肯輕易認輸，他運用自己天生的才能，想了更多計策。弓射不上去就改成更強力的道具，崖上鋪了石膏就射到更遠的樹叢。少年每天絞盡腦汁苦思，終於想到了一個妙計。

那就是先前提過的大型裝置「水車投石機」。

＊　＊　＊

扶琳想了一下。

「……妳是說少年在瀑布乾涸以前就想出了『水車投石機』這個裝置嗎？」

「沒錯，正是如此。」

「那他為什麼不早點做好、早點逃走？」

「老佛爺，就算他想做也做不了啊，水車終日不停地轉動，又有其他信徒來來往往的。直到地震令瀑布乾涸，水車停止，而且『所有信徒都關在聖殿裡』，少年才有辦法動工嘛。」

扶琳吐了一口煙。這番解釋合情合理。只要水車還在轉，其他信徒還在外面走動，少年就不能隨便行動，等到地震發生，條件齊全之後，他才有辦法實行這個計畫。

「那麼，少年為什麼會被砍頭呢？」

「我等一下就會提到了……」

＊＊＊

少年打算利用水車投石機把連著繩索的鉤子射到「更遠的地方」，這樣他就能把繩索牽到崖上，攀著繩子翻過山崖逃出去。

即使手工弓箭射程不夠遠，少年還是不屈不撓的「繼續想出更強力的道具」，這是因為他有工程設計的長才。

少年起初的構想是先牽好繩索再「背著少女」爬上山崖，他事先測量小豬的重量和尺寸，也是為了確認「能否把少女和小豬一起背上去」。

後來瀑布乾涸，宿舍倒塌，信徒們都聚集在聖殿裡，少年不用再擔心會被人看到，便把握時機開始製作水車投石機。「慰靈塔」的木柱就是在這時拆下的，做為重物的岩石則是用板車運來的，但我認為後來因為某種理由，這臺板車曾一度被推回豬圈。

要把慰靈塔的長柱子接到水車上不是一件容易的事，所幸柱子離水車不遠，只要動點腦筋就有辦法做到，譬如少年可以鑽進水車驅動轉軸，把水車當成絞盤搬運柱子，再利用繩索把柱子立起來，礙事的水車葉片只要拆掉就好了。

至於重物的部分，可以把繩索做成的網子綁在柱子尾端，從水車小屋的屋頂丟下一顆顆的岩石來調整重量，至於放置拋擲物的臺子，只要把水車拆下的葉片固定在柱子上就行了。

少年先搬出糧食，再回來應付最後的晚餐和教祖入關儀式，一邊靜待逃脫的機會。他做好裝置之後沒有立刻逃走，是因為少女的母親死都不肯讓少女離開。接著集體自殺開始，少女的母親死了，少年才有辦法帶少女逃出聖殿。

到此為止都符合少年的計畫，但這麼悽慘的情況實在稱不上是好結局，只能說是留有一線希望的結局。束縛著少年和少女的親情鎖鏈被斬斷之後，兩人終於可以走向開闊的未來——原本應該用這優美的形容來為故事劃下句點。

只要……

兩人的心意沒有彼此錯過的話。

＊＊＊

「心意……彼此錯過？」

扶琳反問。儷西面露憐憫之情，輕輕點頭。

「是的，老佛爺。只是差之毫釐，少女淡淡的愛情故事就變成了慘不忍聞的悲戀。所有悲劇都擁有類似的情節：誤解、過失、混淆、錯覺——因為命運這些小小的惡作劇，讓渺小人類的生活產生了重大的轉折……」

＊＊＊

這個變故的契機始於少年在逃出聖殿後改變了計畫。

前往祠廟的途中，少年告訴少女，要「暫時把她留在村子裡」。

少女和少年的對話大概是這個情況：少年把少女的安全視為最重要的事，因為少女的腳受傷了，不方便爬山路，還可能會發生危險，反正現在其他人都死了，沒必要急著把少女帶出村外，讓少女留在祠廟裡靜養，自己一個人出去求救，才是正確又合理的判斷。

然而少女聽了這話卻很恐慌。

她覺得自己「要被拋下了」。

才剛經歷過那麼悽慘的事件，她的精神狀況正在最緊繃、最混亂的當頭，「害怕寂寞」的少女會開始胡思亂想也無可厚非。而且少女的父母離婚了，也就是說她「曾經被父親捨棄」，如果她很仰慕父親，這段回憶必定會帶給她加倍的傷痛。

又要被深愛的人拋下了……

而且這次完全是孤單一人……

如果又要變得孤零零的……

那還不如……

前往祠廟的途中，少年可能先去了一趟水車小屋，檢查他的裝置有沒有被火災波及。少女從旁觀望著少年埋首於檢查工作時，那罪惡的慾望也逐漸在她的心中萌芽。

這時少女轉過身，撐著拐杖走向山坡上的豬圈，坐在旁邊的斷頭臺上。她一邊遙望忙於工作的少年，「故意把拐杖掉在斷頭臺下」。

此時少年發現少女跑掉了，也跟著爬上山坡。他猜到少女是為了要被丟下的事而鬧脾氣，就坐在她身邊，耐心地向她解釋理由。少女裝出勉強接受的樣子，隨口要求少年幫她撿起「掉在旁邊的拐杖」，少年不疑有他，一口答應，探頭去看斷頭臺下的拐杖……

在這瞬間，少女啟動了斷頭臺的推桿。

＊　＊　＊

「咚！」的一聲巨響，椅子翻倒在地。

是渡良瀨。她瞪大眼睛，猶如脊椎上被猛然插了一針。接著她激動地把手按在桌上，鍋裡的湯因這晃動而濺在桌巾和她的袖子上。

「這……不可能的！這種事情……怎麼可能發生！」

她氣憤地大吼，原先乖巧柔順的形象蕩然無存，這慷慨激昂的氣魄連扶琳都被嚇到了。

這也是應該的，畢竟儷西的假設比先前那個老人嚴重多了，根本把她說成「蓄意謀殺」。老人只是假設她在精神耗弱的狀態下衝動殺人，儷西卻指出她是意識清晰的情況下計畫殺人，而且只是為了「不想被獨自拋下」這種理由，簡直自私到了極點。

而且，這一切都是出自她的妄想……

儷西足以媲美西王母的秀麗臉龐露出慈母般的微笑。

「哎呀，小姐，我理解妳生氣的理由，我的假設確實有些離譜，要把心愛的人留在身邊，根本不需要砍頭，只要砍斷雙腳就好了嘛。

如果是我就會這樣做。但小時候的妳想不到這點也很正常，所以才會釀成這齣悲劇。人類愚蠢又可笑的判斷導致無法挽回的結局，這種荒謬和虛無正是悲劇的本質啊……」

讓委託人氣憤的理由絕對不是砍斷的部位選得對不對，但這個女人就是喜歡玩這種把戲。早在扶琳還在道上混的時代，這女人就很喜歡用言語折磨囚犯了。

「不管怎樣，我說的只是『可能性』，請耐心地聽下去吧。話說老佛爺啊，妳應該也很喜歡這種情節吧？別人的不幸甜如蜜，圓滿結局不如悲戀，平淡小品不如血腥故事，越腥羶的表演越能吸引卑劣世人的目光嘛……」

＊　＊　＊

少女回過神後，看到的只有少年的遺骸，以及空曠的天空。

這時她的精神狀態處在正常和瘋狂的夾縫中，瀕臨崩潰的少女失魂落魄地採取了某種行動。

她走向豬圈，把搬運豬隻用的板車拉到斷頭臺，把少年的身體放上去，然後抱著他的頭和拐杖坐在板車上，和屍體一起滑下坡道，到了投石機旁邊，再把屍體搬到投擲臺上，自己也坐了上去。

沒錯，少女打算利用投石機把自己和少年的屍體一起「拋出村外」。我剛才假設「少年曾一度把板車推回豬圈」就是因為這樣，這也是後來板車出現在水車旁的理由。

年幼的少女只知道投石機「可以把東西拋到山崖上」，並沒有考慮到重量的問題。她把少年的頭和身體一起放上投擲臺，是因為「不想把少年丟在村子裡」，她就是為了避免孤單一人才殺了少年，如果這時丟下少年就本末倒置了。

投石機應該有先用繩索固定好，所以堆上岩石也不會立刻旋轉。少女一定是利用火來燒斷繩索，因為她自己也坐在投擲臺上，沒辦法用刀割斷繩索。

少女點燃用繩索或其他東西做成的導火線，抱住少年的身體，把拐杖和頭夾在她和少年的身體之間，接著繩索燒斷，槓桿翹起，兩人飛上了半空。

不過這投石機原本只是設計來拋擲爪鉤這種小東西，想也知道不可能把人拋到崖上。兩人在空中劃出拋物線，筆直飛向山壁。幸運的是，落點剛好是「拜日祠」的入口。

還好河流和水車的旋轉方向都是筆直朝著祠廟，洞穴就像鯨魚喝下海水一般將兩人吞進去，接下來的情況大家都知道了。

嗯？投石機後來怎麼了？如同警方的調查報告，整個都燒掉了，火源就是少女用來燒斷繩子的火。這把火燒毀了安裝在投石機上的慰靈塔柱子和繩索，恰巧掩蓋了整個裝置的存在。

至於少女抱著的「像人頭的東西」……不用說，那就是如假包換的「少年的頭」。彈上半空時，人頭夾在她和屍體之間，就像被她「抱在懷裡」。所以少女記得一點都沒錯，她確實是抱著少年的頭，被少年的身體抱到祠廟。

以上就是我儷西假設的真相。

總而言之，這是一個想太多的少女莎樂美的故事。

在奧斯卡．王爾德的戲劇《莎樂美》中，公主莎樂美因瘋狂地愛上施洗者約翰，因此在希律王要獎賞她的美麗舞姿時，她開口討了約翰的項上人頭，最後終於得償所願。這真是偏執又扭曲的愛。

而少女的愛則是出自恐懼。害怕孤單的少女為了永遠占有心愛的人，便用斷頭臺砍下了他的腦袋。

若要比較誰的慾望更強烈，應該是少女略勝一籌。因為莎樂美得到的只有一顆頭，而少女連對方的「身體」都想留在自己身邊……

＊＊＊

儷西以這句話做為結論。

這時侍女用推車送來銀盤，上面放的大概是儷西喜歡的荔枝果汁吧。她拿起杯子，用吸管享受地啜飲。

這隻狐狸精。扶琳在心中罵道。說什麼「不擅言詞」嘛，她說故事的功力簡直可媲美有數十年資歷的說書人。

扶琳看看身旁的偵探，這男人還是一副氣定神閒的模樣，把儷西的故事當成下酒菜喝著紹興酒。他已經喝到微醺，興致正好。這傢伙以為自己是在享受上海夜生活的觀光客嗎？

委託人渡良瀨則是面如死灰地望著半空，魂魄好像已經飛到另一個世界。她身為當事人，一定沒辦法對儷西的假設一笑置之，畢竟這故事裡的少女比老人假設的還要心狠手辣好幾倍。

不過，這會是「真相」嗎……

這個故事連「假設」都稱不上。要說這兩人剛好被拋進山洞也太誇張了，投石機只是攻城「武器」，又不是飛行工具，人坐在上面射出去只會在山壁或地面撞得粉身碎骨吧。

「……老佛爺，妳覺得這個假設在物理上是不可能的嗎？」

儷西又露出那種看透一切的眼神。

「若是投石機射出的小石頭剛好打中路人，一定會把人打得腦袋開花，至於著地時的衝擊，妳可以想像一下把一顆球往上拋，球飛到最高點的時候不是有一瞬間會停住嗎？任何往上拋的物體都會到達一個速度為零的頂點，這就像踩著跳床跳上高處，著地並非多麼困難。」

扶琳露出無奈的表情。

這女人喜愛摧殘人體，對人體的傷害承受度也研究得相當透徹。如同名稱所顯示，這門學問是在研究人體可以承受多大程度的傷害和衝擊，需要具備物理學的知識，所以她也學過基礎的物理學。除了她以外，古往今來大概找不出第二個人會為了這種理由鑽研物理學吧。

「……渡良瀨小姐，妳看起來很不開心耶。」

獨自享受著酒宴的偵探突然對委託人說。

「妳這麼在意剛才那段故事嗎？我明明說過，這種可能性『我早就想到了』。」

偵探說完之後，一口喝乾不知道是第幾杯的紹興酒。

他「叩」的一聲放下杯子，抓抓半乾的藍髮，甩掉沾在手上的水滴，然後瀟脫地蹺起二郎腿，用矇矓的醉眼望著對面的寶座。

「宋女士，我明白妳的假設了，那我現在就開始推翻這個假設。」

＊＊＊

「……洗耳恭聽。」

儷西仍拿著杯子，用放鬆的姿勢靠在扶手上。

扶琳也不遑多讓地悠閒地抽著菸管，但她心中並沒有多大把握。雖然偵探一副自信滿滿的模樣，但他真的沒問題嗎？他該不會打算用物理學來對抗吧……

「宋女士。」

偵探以這句稱呼展開攻勢。

「沒想到妳對男女之愛這麼有興趣。」

扶琳差點摔下椅子。怎麼會用這句話當開場白？

儷西泰然地回答：

「我喜歡愛情故事。」

「真叫人意外啊。剛才聽扶琳說妳的本行是賣淫仲介，我還以為妳是更加不露情感的人呢……」

「興趣是興趣，工作是工作。」

「興趣啊……所以妳私底下也常看愛情小說囉？」

「是啊，我也會看日本的小說和少女漫畫，但我最喜歡的書還是《紅樓夢》。」

「喔喔，原來妳是紅迷啊，那我就懂了，難怪妳的手下全都是美少女……」

扶琳的額上爆出了青筋。這融洽的對話是怎麼回事？她可沒興趣陪著相親宴上的小倆口暢談彼此的興趣。

「……不過，把一個稚氣未脫的少女冠上莎樂美公主的心態，是不是太超過了？」

這時偵探語氣一轉，扶琳立刻豎起耳朵。要開始了嗎？

儷西用扇子遮住嘴。

「女人心的成長本來就快得驚人。」

「懵懂的愛和異常性癖之間應該有很大一段距離吧……」

「異常和正常的界線究竟在哪裡呢？未成熟的孩子還不懂得分辨善惡，說不定他們反而更容易做出可怕的事呢。」

「妳不是才剛說了女人心成長得很快嗎？」

「女人心和道德觀是兩回事。」

……他打算從動機下手嗎？

扶琳輕輕吸起菸管。從動機切入確實比較簡單，可是……

羽毛扇後傳來吃吃的笑聲。

「看來閣下似乎不太了解纖細的少女心。可是，先生，我說的是『可能性』，只要有一絲可能性，只要這世上有任何一位女性想要砍掉心愛男人的頭，你就不能否定這個假設……」

說得沒錯，就算挑剔動機她也會找藉口開脫，從此處進攻真是下下之策。

「莎樂美公主不是真人，而是奧斯卡．王爾德筆下的人物……」
偵探意猶未盡地又倒了一杯紹興酒。
「這齣戲劇的原型取自聖經，根據聖經記載，莎樂美向希律王討約翰的人頭只是遵從母親的指示。不過話說回來，現實中真的發生過不少因戀物而引起的犯罪事件，而且我同意『少女對少年的感情確實有這麼深』。」
他同意這種動機……？
「可是……」
偵探握住杯子的手豎起食指。
「那我就有一個問題了，只是小小的問題：如此深愛著少年的少女為什麼醒來的時候『沒有和少年在一起』？依照妳的假設，少女和少年是抱在一起飛出去的，所以在故事的最後，她醒來時應該是『和少年相擁』的吧？」
儷西把扇子舉到視線的高度。
「還真的是很小的問題呢。」
她瞇細眼睛，彷彿在揣測偵探提出這個問題的用意。
「答案很簡單，因為少女的力氣承受不住拋擲的衝勢，所以在途中鬆手了。現實中的物理法則可沒那麼容易估計。」
「就算兩人在半空分離，飛行的軌道也不會改變，而且兩人若是分開，夾在他們之間的頭和拐杖應該會掉在途中，不可能全都飛進祠廟吧？」

「那就是著地的衝擊讓他們分開的吧。」

「這個說法也不合理啊。依照妳剛才的物理學分析，他們兩人是在速度接近零的時候毫無衝擊地落地，而且妳忘了『少女的腳上包著易碎的石膏』嗎？渡良瀨小姐也說過自己無法推動板車的其中一項理由就是腳上的石膏。如果落地時的衝擊這麼大，『石膏怎麼可能完好無缺呢』？」

儷西聽到這裡，便露齒而笑。

扶琳心中一驚。這個女人露出犬齒而笑，就代表著敵意。之前她只是一直在衡量偵探的實力。拖了這麼久，這個女人終於露出真面目了。

「你果然攻擊了這一點。」

「……妳是在考我嗎？」

「沒這回事，我只是懶得解釋太多……」

她笑嘻嘻地揮揮扇子，然後露出了隱藏的獠牙。

「偵探先生說得對，我那句『著地並非多麼困難』有些言過其實了。根據少女的描述，祠廟在西邊山崖的半山腰，少年說過山崖至少有三十公尺高，也就是說祠廟的高度最少有十五公尺以上。要把物體拋到十五公尺高，無論物體有多輕，初速至少要達到時速六十公里。除了垂直方向之外，還有水平方向的速度，就算在接近拋物線頂點時著地，一樣會受到很大的衝擊。

奇怪的是，少女腳上的石膏並沒有摔碎。她既沒有脫臼也沒有擦傷，連衣服都沒有磨破的痕跡，難道是什麼魔法造成的嗎……」
她像是要逼死自己似地說出一長串反證，一邊用扇子撫著額頭，臉上泛起淡淡的紅暈，可見這個女人正在興頭上。
儷西如青樓女子勾引男客一般，對偵探拋了媚眼。
「……先生既然這麼了解壓克力這種材料，應該早就發覺魔法的真相了吧？」
偵探點點頭。
「是祭壇吧？」
「是的，那座祭壇是用保麗龍做的。保麗龍的兩大特性就是『隔熱』和『吸收衝擊』──沒錯，保麗龍是非常好的緩衝材料。
當時兩人『剛好掉在祭壇上』，所以雖然被撞得分開卻能免於著地的衝擊，因此少女腳上的石膏沒有摔碎。你想嘛，先生，你中了我的陷阱不也是毫髮無傷嗎？」

＊　＊　＊

是祭壇……？
扶琳有些頭昏地啣起菸管。用保麗龍隨便做出來的克難祭壇能當成緩衝墊？更重要的是……
「……等一下，儷西。」
她忍不住要發問。

「祭壇不是早就被餘震搖垮了嗎？」
「只是『可能』被餘震搖垮。」
儷西露出迷人的笑容。
「從現場情況無法研判祭壇是『何時』倒塌的。少女醒來時的回憶只有提到入口的方向，所以不能確定祭壇的狀況。」
「可是光靠保麗龍……」
「妳該不會說『光靠保麗龍吸收不了所有衝擊』吧？」
「……如果掉在保麗龍上，少女的身上應該會沾到一些碎屑，說不定還會被祭壇上的刀刺中，或是被花瓶裡的水濺到。再說少女也沒有提到她醒來的時候『掉在祭壇上』……」
「祭壇上蓋著布，當然不會沾到保麗龍的碎屑。刀和花瓶跟撞擊的角度有關，不見得會在身上留下痕跡，而且那些東西也可能被撞掉了。
我要再強調一次，從少女的證詞之中無法判斷祭壇的狀況。這是理所當然的，因為她一睜開眼睛就看到心愛少年的腦袋，自然沒有心思再去注意其他地方。」
扶琳氣得咬牙切齒。
「……祭壇前面還有一個小型鳥居，高度只容一個成年人穿過。如果兩人飛進祠廟，應該會先撞上鳥居吧？」
「既然成年人可以穿過鳥居，小孩一定更容易穿過吧。」

儷西促狹地哈哈大笑。扶琳重重吁氣，努力壓抑心中的怒火。

「兩人被投石機猛力拋出，剛好掉進山洞裡的祠廟，剛好鑽過鳥居，又剛好閃過刀和花瓶撞上祭壇……會有這樣接二連三的巧合嗎？」

「老佛爺。」

儷西露出陶醉又凶狠的笑容，如同享用著美味獵物的鼬鼠。

「這場比賽最大的特色就是『容許巧合的存在』。我不是對老佛爺說過『水車投石機』只算是半個答案嗎？

我這個詭計的名稱『還有另一半』，而且另一半才是這個詭計的重點。『水車投石機』等於砲臺，它一桿進洞地把人拋進山壁上的祠廟，如同鑽過針孔般地穿過小型鳥居，又精準地避開擺飾物，命中了能吸收衝擊的保麗龍祭壇……」

儷西啪地展開扇子舉到頭上，像是求偶中的孔雀尾巴。

「這神乎其技的命中率足以媲美專業的狙擊手，所以我這詭計的完整名稱就是『百步穿楊水車投石機』。」

＊＊＊

「百步穿楊」水車投石機……？

別說是暈眩，扶琳的下巴都要掉了。她失速的意識有如飛到一半突然墜落的鳥。

「儷西……妳這話……是認真的嗎？」

「當然是認真的，就像在幫派幹部的葬禮上誦念祭文一樣認真。不論任何時候，我儷西玩起遊戲都是不遺餘力的。」

結果還不是在玩……

「我說儷西啊……妳不覺得自己這個假設太牽強嗎？」

「沒想到老佛爺會做出這麼軟弱無力的反駁。就算牽強又怎麼樣？妳我都很清楚，這場比賽本來就是容許牽強答案的趣味問答，就算我指鹿為馬、指馬為牛、枕流漱石，又有什麼不可以的？在不拘禮節的宴會上指責別人無禮，不是很沒道理嗎？」

竟然還狡辯得頭頭是道……！

扶琳捏緊手中的菸管，怒火暴漲到空前的高度……卻又無話可說。所謂的「只需提出可能性」就是這麼一回事。

就算實驗十次……不，就算實驗百次只能成功一次也無所謂，反正對方只要出示成功一次的可能性就夠了。但我方若想反駁「絕對沒有這種可能」，還得拿出確切的證詞或物證。

從一開始就沒辦法用「太多巧合」做為反駁。這規則也太莫名其妙了。就連想要批評對方想得太美都不行……

在這種規則之下，正經比賽根本行不通。看來只能玩陰的，或是再用猛挑骨頭那招來誘使對方失言。雖然目前還找不到反擊的機會，反正無論怎樣都不能接受對方的說詞。若是對那種歪理稍有認同……

「妳說得沒錯，宋女士。」

偵探突然開口。

「若是『少女撞上祭壇』，石膏就不會摔碎了。」

什麼！扶琳揚起一邊眉毛看著身旁的男人。他同意對方的歪理……？

偵探又倒了一杯酒。

「但是妳這個論點沒有意義，因為少女醒來的時候『祭壇還沒倒塌』。換句話說，少女並沒有撞上祭壇，所以妳的假設是不成立的。」

＊＊＊

儷西張大了嘴。

扶琳反射性地繃緊了神經。儷西像剛才一樣威嚇地露出犬齒，無聲地笑著，在兩旁搖著芭蕉扇的侍女都停止了動作。

「……你又沒有證據。」

「不是沒有證據，而是妳沒看見。只要看到該看的地方，就會發現證據在那邊。」

「先生莫非是說我儷西的眼睛只是兩顆黑真珠嗎？」

她瞇細了那兩顆黑真珠。她不說自己眼睛脫窗，而是用昂貴的寶石來比喻，可見這女人的自尊心有多高。

「這位帥哥也真是的，老是這麼愛開玩笑……那就請你證明看看吧。」

儷西用一種懶得搭理的口吻說著，往後靠在椅背上。雖然她態度慵懶，眼神卻凶惡得像是正要下令誅人九族。

偵探點點頭，把手伸向桌上。

他從盤子裡拿起一顆饅頭，像皮球一樣拋著。扶琳注視著饅頭移動的軌跡。

「請回想一下少女醒來時的情況。」

偵探一把抓住落下的饅頭，舉到自己臉旁，像是在做比較。

「她最先看到的是什麼？」

儷西緩緩地搖著扇子，凝視著饅頭。

「最先看到的？是少年的頭……不對，是朝日。」

「兩個答案都對。更準確的說法是，少女『感覺到朝陽的光芒而望向入口』，接著『看見少年的頭在地上』……」

偵探把饅頭舉到頭上，彷彿要遮住上方的燈光。

「那麼，少女『為什麼看得見少年的頭』呢？」

儷西想了一下，發出「啊！」的一聲驚呼。

「是的，宋女士，照理來說，『少年的臉應該暗到看不見』才對。」

饅頭的影子如日蝕一樣落在偵探的臉上。

「只要想想少女在祠廟工作的敘述就知道了，在祠廟中的少女因為逆光而看不清楚站在入口的少年的臉，地面也暗到讓她看不清楚小豬。所以根據少女和人頭所在的位置，少女『不可能一眼看出那是少年的頭』，更不可能和他『四目相交』。」

孔雀羽毛的動作戛然而止。儷西難得露出了愕然的表情。

「是鏡子嗎？」

她抬起小巧的臉龐問道。

「當時放在祭壇上的『鏡子反射了陽光』，像聚光燈一樣從少女後方照亮了地面的人頭，所以少女才能在黑暗中一眼認出那是少年的頭……」

偵探深深點頭。

「正是如此，宋女士。」

「也就是說，少女醒來的時候，鏡子『還好好地擺在祭壇上』，這就證明了祭壇依然完好如初……偵探先生是這個意思嗎？」

「完全正確。」

「這不可能吧？」

儷西皺著眉頭說。

「祭壇上的鏡子不是『用布蓋著』嗎？而且就算鏡子反射了陽光，也只會朝著正前方反射出去，除非鏡子往下傾斜，否則不可能照到地面……」

「是妳自己說『女人心成長得很快』的，宋女士。」

偵探放下饅頭，再次握起酒瓶和杯子。

「妳還記得少女在『最後的晚餐』之前的行動嗎？」

儷西睜大了眼睛。

「啊！梳妝打扮！」

「沒錯，少女『為了盛裝出席最後的晚餐而使用了祭壇上的鏡子』，尤其是要把頭髮綁成『自己滿意的模樣』絕對缺不了鏡子。

祭壇的高度和少女的身高差不多，而鏡子放在祭壇的上層，位置比少女的身高更高，少女要使用放在那麼高的鏡子，當然要『把鏡子朝下』，後來她又忘了把布蓋回去，所以鏡子的反光才會照到地上的人頭。」

偵探靜靜地飲著酒。

「當然，這只是我的猜測，但是除此之外沒有其他理由可以解釋為何『鏡子被掀去黑布轉向下方』，同理，用『鏡子被掀去黑布轉向下方』的狀況，就能推測出少女做了這個行動。

無論如何，『少女可以在逆光和地面昏暗的狀況下一眼認出少年的頭』，就證明了『祭壇上立著鏡子』，至於梳妝打扮那些理由只是補充說明罷了。」

偵探又在空杯裡注入琥珀色的液體。他還沒喝夠嗎……杜甫詩云「李白一斗詩百篇」，這偵探恐怕也是喝一斗酒就能做出百篇推理。

「宋女士，妳的假設整個都被鏡子限制住了。如果少女撞上祭壇，石膏可以保全，鏡子卻會翻倒；如果少女沒撞上祭壇，鏡子就安然無事，石膏卻會摔碎。然而現實的情況卻是石膏和鏡子都完好如初。所以說，宋女士，妳的『水車投石機』假設還是無法解決『著地』的問題。」

偵探喝光了杯中物。

「以上就是我的反證。」

說完之後，偵探終於放下酒杯。

＊　＊　＊

「……鑰匙。」

儷西伸手向偵探討箱子的鑰匙。

一個侍女拿著銀盤走向偵探，用銀盤接過鑰匙，再交給儷西。儷西捏起鑰匙，又遞給另一個侍女，接過鑰匙的侍女從推車上的寶箱取出先前的金屬箱子，用鑰匙開鎖，取出裡面的報告書交給主人。

「第二百三十四頁。」

偵探補充說。儷西點點頭，翻開報告書。

「是這個嗎……第二章『屍體移動』第四節，『以重力做為動力驅動機械式發射裝置的可能性』……」

儷西垂下長長的睫毛，讀了好一陣子。

然後她抬起頭來，露出平常的笑容。

「你果然全都想到了。」

她疊起二郎腿，把報告書放在腿上，手肘靠在扶手上支著臉頰，以看時尚雜誌的輕鬆姿勢繼續翻頁。

「原來如此……因為地面很暗，就算祭壇倒塌的時候『鏡子正好直立地落在地上』也照不到陽光……咦？呵呵，少女只用投石機拋出少年的遺體，自己步行至祠廟……你連這個假設都推翻啦？其實我也想過這一點，但是只要少女認為『投石機是可以把東西拋到山崖上的裝置』，動機就說不通了，因為她的目的地並不是祠廟……」

儷西神情愉悅地讀著報告書自言自語，良久才抬起頭來，她闔起報告書交給侍女，放下疊起的腿，將羽毛扇平擺在腿上，雙手輕輕按著。

然後她慢慢低下頭說：

「……我輸了。」

扶琳頓時全身放鬆。總算是解決了……

「真是太遺憾了，難得有這麼好的機會可以邀老佛爺再和我搭檔，沒想到半路殺出個程咬金。不過遇見了你也讓我明白這個世界有多麼寬闊，從前的我只是坐井觀天啊。」

沒想到這個女人也會有這樣的感慨，但她心裡一定覺得只不過輸了一場牽強詭辯的推理比賽，沒什麼大不了的……反正我們贏了就是贏了，就算她不認栽也不行。

扶琳吸著菸管，從身旁的偵探手中搶過酒瓶。先來一杯慶祝吧，此時不喝更待何時。

侍女收走變冷的菜餚，又送上熱騰騰的料理和新的飲料。

偵探又率先吃起來，委託人大概是因為洗刷了罪名而如釋重負，一臉輕鬆地再次拿起筷子和湯匙。

在儷西認輸之後，原本像刑場般的凶險氣氛都煙消雲散了，雖然這幾個小時一直如坐針氈，終於得到了最好的結局，偵探的勝利讓委託人更有信心，自己名下的資產也多了一間店，光看結果的話真是可喜可賀。

扶琳唯獨對一件事牽掛不已，那就是儷西一開始提過的「契約」……

不過，這件事等到盡情享受宴樂之後再來思索也不遲。

「老佛爺，我問一句跟比賽無關的話：春節的時候妳會回來看看嗎？」

「不會。」

儷西吃吃地笑了。這個妖女彷彿也甩開了詛咒，神情開朗地搧著扇子。

「無妨，反正我們還是敘舊了一番，我也確認了老佛爺依然沒有改變，就算這趟日本之行送出了一間店也值得……」

她滿不在乎地說著，視線卻牢牢地盯在某處，那是從剛才就一直心無旁鶩地大吃大喝的偵探。儷西興致盎然地望著他，那眼神彷彿看到了走私的稀有動物。

「對了，老佛爺。」

她用扇子指著偵探。

「妳說這位先生不是妳的情人，不是騙我的吧？」

扶琳豪飲著紹興酒回答：

「我不會向天發誓的。」

「妳若是發誓，連老天爺也會嚇跑的。不過這位先生既有眼力又有膽識，頭腦也很聰明，用來給老佛爺排遣無聊倒是挺合適的。」

「我才沒那麼閒。而且他可是一隻下金蛋的雞，我當然要好好照顧。」

「妳至少可以把他當作人來看待吧。經過這次交手，我發現這位先生雖然外表呆頭呆腦，卻很有本事。我儷西這一生中只有兩次在勝算十足的比賽中落敗，第一次當然是老佛爺妳……」

「我承認這個男人確實很有能力，只要他別再把能力用錯地方就好了。」

扶琳的噴笑吹散了酒香。

「那簡直就是用萬圓鈔來擤鼻涕。而且這傢伙還有嚴重的戀母情結，妳若是知道了他這麼執著於證明奇蹟的理由也會受不了的。」

「是這樣嗎……」

儷西站了起來。

她用扇子遮著嘴，一副像在思考什麼似地繞著圓桌走，在餓狼一樣大快朵頤的偵探背後停下腳步。

渾身散發著白檀芬芳的儷西注視著那一頭藍髮。

「不過……你真有趣。」

偵探拿著湯匙的手停止動作，抬起頭來，大概是被後面突然傳出的聲音嚇到了。以粗魯的姿勢張著手肘喝酒的扶琳也疑惑地歪著頭。怎麼，她想給偵探什麼獎賞嗎？這個女人賞給能幹手下的獎勵遠勝於他們上繳的金額，豪奢得有如富國的外交政策。

儷西靠近偵探的背後，彎下身子，把嘴脣貼在他的耳邊輕聲說道：

「你真是……有趣得無以復加。」

扶琳愣住了。

嗯？

……「無以復加」？

＊　＊　＊

放眼望去，夕陽正要沉入橫濱港。

這裡是橫濱中華街南方的「觀港山丘公園」，此時正好是黃昏時分。

這座公園是有名的約會勝地，但今天不是假日，天氣又很冷，所以園內的人不多，只有在廣場上練習的街頭藝人，還有幾個圍觀的小學生。這秋風蕭瑟的寂寥景象令人不禁想要吟幾句詩。

在這冷清的公園一角，有兩條影子緊貼在一起。

——我倆是形影不離的，就像鴛鴦一樣夫唱婦隨，一方緊跟著另一方不放。

這是在開什麼玩笑？

扶琳翻起白眼，望著那疊在一起的影子。委託人渡良瀨呆呆地張著嘴，站在離那影子稍遠之處。現在已經沒她的事了，但她不知為何還是跟了過來。

她厭倦地在旁邊等待，此時較大的影子回過頭來。

「扶琳，她剛才那句中文說得太快，我聽不太懂，那是什麼意思……？」

扶琳的三白眼翻得更白了。這麼丟臉的臺詞叫人怎麼說得出口，她又不是戀愛小說的翻譯家。

「……她的上海腔太重了，我也聽不太懂。總之她好像很中意你的樣子。真不錯哪，上苙，若是搭上那個女人，你這一輩子就不愁吃穿了。」

扶琳酸溜溜地回答，從懷裡取出菸管，同時拿出紙捲菸和剪菸刀。在戶外不方便用菸絲，所以她把菸捲剪下一小截放進菸斗來抽。

對了，那個女人本來就很容易動心。

雖然她的標準很嚴苛，但是只要通過審核，冰山就會融化了。聽到那句「有趣得無以復加」的讚美，就知道偵探的得分非常高。這位外表俊秀的偵探迷住業務相關人士是常有的事，這次他又惹上了難纏的女人。這鐵定是他無心吸引到的所有女人之中最厲害的毒婦。

扶琳從後方看著已換下了貴妃服、穿回先前那件白外套的白檀女，心情沉重地抽著菸管。這男人又不是她的情人，她沒資格對他的異性交際說三道四……可是，胸中那種鬱悶的感覺是怎麼回事？扶琳不曾有過這種經驗，總之大概就像看到一對笨蛋情侶當眾卿卿我我一樣惹人不悅吧。

她比較擔心的是，那個女人有一種把心愛男人製成標本的怪癖……也罷，她已經說過這個男人和她有借貸關係，只要有她盯著，那女人應該不會亂來吧。

眼前更重要的是……

「……老佛爺。」

扶琳開口警告之前，儷西就先轉頭了。

「妳注意到了嗎？」

扶琳閉起剛張開的嘴，點點頭。

公園入口附近停著一輛黑色賓士。

旁邊站著幾個穿西裝的人，擋住門口不讓人進出。這群人之間放著扶琳他們進來時沒看到的施工三角錐和立牌，牌子上面寫的多半是「施工中禁止進入」。

顯然是在驅逐閒人。

是誰？為了什麼？

就在此時……

「喵」的一聲。

一隻貓凌空飛來。

＊＊＊

「儷西！」

扶琳大叫。

貓弓著背越過扶琳的頭頂，沿著完美的拋物線飛向儷西等人。儷西往前踏出一步，像捕手一樣攤開扇子舉在臉前接住了貓。

她同時出聲示警。

「老佛爺！」

扶琳用眼角餘光瞥見了一塊金屬飛來，馬上扭轉身體，用菸管的柄彈開，然後她才發現那是什麼東西。鏢？那是中國的暗器，類似日本的「棒手裡劍」。可是，這種東西怎麼會出現在這裡？

緊接著，一旁傳來驚天動地的尖叫。

扶琳轉頭望去，看到委託人站在儷西的不遠之處驚慌地叫著，一個穿著紅外套的男人倒在她的腳邊！

「偵探先生……偵探先生他……他為了保護我……」

不會吧！扶琳的表情僵住了。難道那支鏢被她彈向委託人，而偵探用身體來阻擋……？

「啊啊……順序都亂掉了……」

這句話從附近傳來。扶琳又擺出備戰姿勢，轉頭望去，而站在眼前的是……

是剛才在廣場上練習的那個……

街頭藝人！

那人身材高大，連高䠷的扶琳都得抬頭看他。他體型纖瘦，像長頸鹿一樣有著窄窄的肩膀和細長的手腳，穿著灰色風衣和灰色軟呢帽，這種陰沉又毫無特色的打扮與其說是藝人，更像是冷戰時代間諜電影裡的人物。

這人說的是日語，卻不是日本人，甚至不像亞洲人，帽子下方是一對淺藍透明的眼睛和金髮，那端正白皙卻帶著憂鬱眼神的臉龐可能是來自東歐或中歐，總之應該是斯拉夫人……

「沒想到妳這麼簡單就擋住了從死角發出的攻擊……對了，聽說中國有一種三隻眼睛的怪物，妳該不會就是那個吧？不過這情況完全偏離了我的計畫，整個順序都亂了……」

扶琳打量著對方。

「你是誰？」

男人以沉鬱的表情撇著嘴。

「我跟妳第一次見面時用的名字是 Zdeněk（茲德涅克）……咦，還是 Zdeněk（茲迭內克）……？我以烏克蘭新興財閥保鏢的身分見到妳時叫作 Алексей（阿列克謝），在德國黑幫裡和妳對抗時叫作 Eckert（艾克特）。不過我後來換過幾次容貌，已經看不出當時的模樣了。

相較之下，妳還是一樣美麗啊，應該說是越來越漂亮了。以前的妳就像柏樹一樣苗條，但妳現在這種像魯本斯畫風的肉感體型更符合我的喜好，我可是由衷欣賞妳現在的身材喔，老佛爺。」

第四章　黑寡婦蜘蛛

扶琳錯愕地看著眼前的刺客。

這傢伙是怎麼回事？一開口就這麼失禮。

烏克蘭的財閥、德國的黑幫……這些扶琳都記得，但這個叫艾克特還是艾菲爾鐵塔的男人她卻沒有任何印象。既然他說換過幾次容貌，她不記得也是當然的，但是這種身高的人應該很難忘記吧……

貓「喵喵」地叫著，走回男人腳邊，男人彎下高大的身子輕輕撫摸牠。

「喔喔，可愛的 Кошечка（小貓咪）……抱歉對你這麼粗魯，但我知道就算把你丟出去，你也不會有事的，因為這些溫柔的小姐一定捨不得不救你……」

竟然把貓當作誘餌。若是她知道對方的企圖，一定會毫不留情地把貓踢開，但她確實中了對方的計，一瞬間露出了破綻，她只能承認是自己太鬆懈了。

「Кошечка（小貓咪）……Алексей（阿列克謝）……」

儷西好像想起了什麼，在後面叫道：

「老佛爺，這男人該不會是ＦＳＢ（俄羅斯聯邦安全局）反情報安全部門的特務吧？妳還記得嗎？就是因為介入販毒管道被我們組織抓住，受過老佛爺『款待』的那個人啊……」

喔喔！扶琳想起了那個俄國男人的陰沉臉龐。他的氣質有這麼令人生厭嗎？話說回來，儷西這個女人個性雖然差，記性倒是挺可靠的。

「我確實會說俄語，也和俄國人一樣愛貓，但我不是俄國人……」

儷西冷靜地道歉說「對不起」。結果這個女人還是一點都不可靠。

「……你是哪國人都無所謂。」

扶琳低聲回應，然後朝倒在地上的紅衣男子瞄了一眼。好像還有呼吸……

「從你對我動手的那一刻起，你就註定要喪命了。不如在死前乖乖地供出你的目的和雇主的資料，如果你還想玩花樣，就準備享受張獻忠風格的活剝人皮吧。」

灰衣男子用敬佩的表情看著扶琳。

「魯迅也說過：『明朝自剝皮始，自剝皮終。』……好個古典的女人啊，讓我覺得彷彿見到了伊凡雷帝時代的親衛隊。可以的話真想和妳多親近一點，只可惜我沒有太多時間……」

男人一邊說一邊從懷中掏出小瓶子。

「這是Чёрная вдова，英語叫black widow，日語叫黑後家蜘蛛，中文……叫黑寡婦蜘蛛吧。這個瓶子裡裝的就是用這種蜘蛛提煉出來的生物毒素，一般健康的成年人被這種蜘蛛咬到還不至於會死，但這蜘蛛經過幾次品種改良之後毒性提高了不少……」

竟然……下了毒！

扶琳又回頭確認偵探的狀況，儷西已經把他的頭枕在自己腿上，偵探痛苦地扭曲了臉，滿頭都是汗水。那支鏢上餵了這種毒……？

「唔……效果好像很強，該不會是刺中動脈了吧……？」

「你這傢伙……！」

扶琳反手握住菸管準備動手，男人把貓像盾牌似地舉在身前說：

「妳先冷靜點啊，美女，我對妳迷人眼眸前的這隻貓發誓，我並不打算取人性命。大多數的生物毒素沒有解毒劑，但黑寡婦蜘蛛的毒可以用血清來解毒，只要在一個小時以內注射就行了。」

也就是說，超過一個小時就來不及了嗎……

「……你究竟有什麼目的？」

「不是什麼大事，我只是來下戰帖，看你們是否真能『證明奇蹟』，除此之外別無所求。」

「你是白痴啊？既然要挑戰推理，幹麼把偵探放倒？」

「這是意外事故。我的計畫是先用貓吸引你們的注意，再用鏢射『妳』，把妳當成比賽的獎品逼偵探接受挑戰……沒想到會亂了順序。」

竟然想把我當成獎品……！

「真抱歉，可以稍待片刻嗎？我先和客戶討論一下要不要繼續比賽……」

他的話還沒說完，身上就傳出鈴聲。男人從口袋取出手機，讀起訊息。

「……好，客戶同意了，那我們就繼續吧。你們那邊要派誰來代替偵探都無所謂，反正他那些『否定的證明』都寫在報告書裡了，本尊在不在都沒差。」

聽到最後那句話，扶琳揚起了嘴角。

她總算可以確定了。在這種情況下還能目中無人說出這種玩笑話的，也只有那個人了。

就是那個「義大利人」。

「……如果我要硬搶呢？」

「恐怕行不通吧，血清在門口那輛賓士裡，若是你們拒絕接受挑戰，負責的人就會立刻將血清銷毀。不過老佛爺好像誤會了，你們不是贏了比賽才能拿到血清，而是『只要接受挑戰，無論結果如何都能在比賽結束時拿到血清』。」

「無論結果如何……？你是說我們『就算輸了也可以拿到血清』？所謂的輸了是指……」

「當然是指『你們認輸』。」

扶琳解除了備戰姿勢，又把菸管拿正。

她的視線仍盯在對方身上，一邊取出隨身菸灰缸和剪菸刀。要嘛是贏了這場比賽，要嘛是不認輸地比下去……但是偵探都變成這副模樣了，現在能做決定的當然只有……

「對了，老佛爺，我的客戶不想和妳結下梁子，為了彌補被捲進這件事的妳，我們會獻上芭達雅的一間按摩館和新宿的一間遊樂場做為賠禮，若是偵探不幸死了，我們也會負責償還他欠妳的債務。前提當然是你們願意接受這場比賽……」

扶琳一聽便露出微笑。

真是細心周到的懷柔策略啊，這是打算讓她沒有理由執著於獲勝嗎？為了避免留下禍根，還先對她誘之以利，甚至想利用她做為自己的棋子，這「義大利人」的手腕確實高明，也難怪在黑白兩道都吃得開了。但是，有必要做到這種地步嗎……

扶琳啣起菸管，菸草前端的紅光像螢火蟲的屁股一樣閃爍，然後她呼出如蜘蛛絲般的白煙，閉著嘴細細品味餘香。

「好。那就開始比賽吧。」

＊　＊　＊

灰衣男子把手往旁一伸。

這隻貓似乎訓練有素，立刻跳上男人的肩膀，從他脖子後面繞過，像鷹匠飼養的老鷹一樣站在他的手臂上。男人的手上爬著一隻貓，還是如銅像般文風不動。

「老佛爺願意接受挑戰，我真是備感榮幸。」

他用不帶感情的語調說著。

「先做一個簡單的開場。我們準備的假設是常見的魔術手法，英語是『metamorphosis』（變身術），或是『substitution trunk』（移形換影），也就是『替身詭計』。」

「『替身詭計』？」

扶琳望著半空。

「你的意思是，『有另一個人冒充了少年堂仁』？」

灰衣男子點頭。

「沒錯，無論是在推理或魔術的世界，這都是由來已久的常見手法。在魔術界裡提到『替身詭計』，第一個會想到的就是……」

「原來如此。從聖殿救出少女莉世的不是堂仁，而是另一個人……這個假設確實有可能。」

男人像壞掉的發條人偶僵在原地。

「等一下，我的話還沒說完……」

「真是這樣的話，要藏起凶器或搬走屍體都很簡單。」

扶琳不理睬他，繼續說著。

「因為集體自殺時『信徒全都低著頭』，誰都可以趁亂殺死少年並冒充他，只要利用少年被砍下的頭就能輕易騙過驚慌失措的少女。至於動機是不是為了少女……」

「老佛爺，我的話還沒……」

「不管怎麼說，『這個假設還是錯的』。」

「老佛爺！」

扶琳依然對男人的抗議充耳不聞。

「這一點早就得到驗證了，證據就是『屍體的數量』。村裡總共發現三十二具屍體，一具是在『祠廟』找到的少年屍體，其他三十一具都在『聖殿』內。如果凶手後來逃出村子，屍體應該會少一具，既然屍體和人數一致，凶手後來一定又回到聖殿了。可是很難想像凶手殺了少年並冒充他之後還會再回到聖殿自殺，何況聖殿的門『從外面鎖上了』。少女搬不動沉重的門閂，也沒有理由上鎖，所以不可能是少女後來鎖上的。

若說有替身存在，『也解釋不了聖殿的矛盾狀況』……你這個假設從一開始就破綻百出。」

扶琳往前走了幾步，對著如雕像般僵立不動的男人吹了一口煙。

「……這樣就推翻了吧？」

男人用沒撐著貓的另一隻手拉下帽子，稍微轉開臉，像是不想讓人看見自己的眼睛。

「老佛爺真是急性子……」

他的語氣之中帶有一絲尷尬。

「和妳辯論的對手不是我。」

什麼？

這時扶琳才發現，男人的身後還藏著一個「小小的人」。

那是個孩子，頂多只有小學五、六年級，穿著一件尺寸過大的茶色雙排釦童裝大衣，帽兒像雨衣一樣蓋住大半張臉，腳上穿著魔鬼氈運動鞋，後面還背著書包。

扶琳睜大眼睛。那是圍觀這男人練習雜耍的孩子們的其中一人。

少年從男人的身後默默走出來，在嫣紅夕陽的餘暉之中站著不動，好一會兒才走過來，從全身緊繃的扶琳身邊經過，筆直走向躺在地上的偵探。

他站在偵探的枕邊，用稚嫩的聲音說：

「……好久不見了，上苙師父。」

＊＊＊

上苙……「師父」？

扶琳彷彿看見了奇特的生物，用驚訝的神情望著身高只到自己胸口的少年。

她很快就想起來了。這個少年是……

「您還記得嗎？我是八星聯，曾經在您那裡當助手學習偵探的技術……」

扶琳愕然地看著這兩人時，背後傳來了陰沉的聲音：

「老佛爺，我先前說過，我的目的是來向你們『下戰帖』，接下來的戲碼由他擔任主角，我只不過是暖場的。

我的工作是擔任比賽的協調人。那麼老佛爺，我可以繼續說下去了嗎？轉達這些臺詞也是工作內容的一部分……」

他不回應扶琳所做的反駁，接著剛才的話題說下去。

「在魔術界裡提到『替身詭計』，第一個會想到的就是被稱為『逃脫大師』的匈牙利籍大魔術師哈利．胡迪尼，他以各式各樣的逃脫術揚名全球，譬如鬆脫繩索、逃出中國水牢、逃出監獄等等，其中最有名的就是在舞臺上瞬間和助手調換位置的『變身術』……」

彷彿電子合成語音似的，男人用平板枯燥的語氣繼續說：

「胡迪尼還有一個知名的外號叫『靈媒剋星』。當時社會上很流行『通靈術』，他以魔術師的專業素養和與生俱來的洞察力揭穿了很多自稱靈媒的騙徒。

但是他和相交甚篤的『某位作家』也因為這種行動而決裂了。那位作家的大名無人不知無人不曉，就是名偵探夏洛克．福爾摩斯的作者——亞瑟．柯南．道爾爵士。」

男人在此喘了一口氣。

「看柯南．道爾在『花仙子事件』（The Cottingley Fairies）時支持妖精的存在就知道了，他是個徹頭徹尾的神祕主義者，所以他見到胡迪尼用粗魯的分析揭穿通靈術神祕面紗的行為，當然無法容忍。

但胡迪尼並不否定另一個世界的存在，反而是『想要相信』。胡迪尼的母親過世後，他為了和母親的靈魂溝通，還沉迷過一陣子的通靈術，所以對他來說，『發現通靈術只是詐欺』等於是侮辱了他所相信的事物。福爾摩斯最有名的臺詞是『When you have eliminated the impossible, whatever remains, however improbable,must be the truth.』（排除了一切不可能的因素之後，剩下的東西無論再怎麼不可能，也必定是真相。）柯南．道爾讓筆下人物說出這麼符合現代科學精神的發言，自己卻深信靈界的存在；而胡迪尼雖然致力於用魔法般的魔術迷惑觀眾的眼睛，卻一再地否定通靈術。這是多麼諷刺的對照啊，這兩人的出發點明明都是『想要相信神祕的事物』……」

福爾摩斯這句臺詞彷彿呼應了藍髮偵探的口頭禪：「只要推翻一切的可能性，就能證明有奇蹟。」對方會提到這句話，一定是在針對偵探堅持證明奇蹟的行為。想出這段開場白的人當然是……

「……師父。」

小學生八星以不符合年齡的憂鬱語氣說著。

「如果您是柯南．道爾，我就來當胡迪尼吧。把迷途的老師拉回正軌是徒弟的職責，我衷心盼望今天就是您的回頭之日。您若是可以從永無止境的追尋聖杯之旅得到解放，那並不是失敗，而是祝福……」

* * *

夕陽逐漸西沉，把冷清的公園染成了橘紅色。

在這片寂靜之中，只能聽見委託人喃喃說著「徒弟……？」，還有偵探的呻吟。他還沒清醒過來，可能是聽到以前徒弟的聲音，下意識地做出反應吧。

八星聯。

偵探從前的助手。

又抽到了一張壞牌。這是個被譽為神童的天才少年，扶琳也曾經和他一起行動過幾次，這位少年的才智好幾次令她吃驚得舌撟不下。這麼一位天才少年會在南阿佐谷一角的破落偵探事務所當助手，總是讓扶琳感覺很不對勁。

可是他幾年前已經因為某些理由被逐出師門了。他這次攪和進來，難道是來報仇的嗎……？

少年站在偵探身邊，盯著他的臉好一陣子，然後蹲下按住他的手腕，似乎在測量脈搏。

接著少年露出安心的表情，用雙手緊緊握住偵探的手，再把他的手放回原位。

「……使出這麼粗暴的手段真是抱歉，師父，可是若不這樣做，您一定不會答應和我比賽……」

少年又站起來，望向扶琳。

「好久不見，扶琳小姐……妳要代替師父出賽嗎？」
扶琳抽起菸管。
「應該是吧。」
「我有一個提議，能不能先讓我看看師父的報告書呢？如果我的假設已經被推翻，就可以結束比賽了，這種做法對彼此來說都更有效率。我保證絕對不會作弊。」
扶琳又吸了一口菸管。
「喔……？」
她吐出白煙，笑著說：
「可別小看我囉，小毛頭。」
她難得感到熱血沸騰。
「難道你把我當成稻草人嗎？就算只是鬧劇般的愚蠢比賽，我這個人只要被人挑釁一定會奉陪。你不用擔無謂的心，趕快說出你想到的笨詭計，我會立刻拆了你的臺，這樣事情就解決了。」
聽到扶琳霸氣的一番話，少年張大了嘴巴，與其說是害怕，更像是驚訝。
「啊，我沒有那個意思……」
他急忙解釋，一邊用手指搔搔臉頰。
「或許是我說的話讓妳誤會了，若是造成妳不愉快，我可以道歉……好吧，那我還是依照規則，和妳這位代理人正式地辯論。可是請不要把比賽拖得太久，無論是基於哪方面的理由，妳也不想失去我師父吧……」

扶琳沒有露出表情，只是從喉底「哼」地笑了一聲。真是個伶牙俐齒的小鬼頭，出言不遜這一點和他的師父不相上下。

「那我就開始說了。這個假設的基本架構當然就是協調人剛才說的『替身詭計』……」

八星再次朝扶琳走近。

「不過名稱還要稍微修改一下。我想到的標題是『Ubi est Deus tuus?』——意思是『你的神在哪裡？』」

在走來的途中，他的帽兜滑下，露出柔軟的微捲黑髮和一張稚氣的臉龐。頭髮大概是睡覺時壓亂了，翹得像小豬的尾巴。

「副標是『聖女維妮芙瑞德的綠色能源』。」

＊　＊　＊

扶琳傻眼了，彷彿看到端出來的下酒菜是杏仁豆腐。

「『你的神在哪裡？』——『聖女維妮芙瑞德的綠色能源』？」

……圖畫書？

這是扶琳最初的感想。光從字面上看來，這好像是書店或圖書館的童書區會有的書名。她完全想像不出這名字是在形容怎樣的詭計。

八星似乎很在意紊亂的頭髮，一再地摸著後腦。

「呃，扶琳小姐，可以請妳再說一次妳剛才對『堂仁少年替身假說』指出的矛盾嗎？」

「……重點是『屍體的數量』。」

扶琳一邊觀察一邊答道。

「現場找到的屍體是三十二具，教團裡除了少女以外總共有三十二人，如果有一個人逃走，三十二減一等於三十一，這樣數量就對不上了。連你這種小鬼頭也算得出來吧。」

少年搖著頭說：

「數量剛好。」

他渾圓的眼睛仰望著扶琳。

「『屍體的數量剛好』。」

扶琳瞪著他說：

「……你還沒學到減法嗎？」

少年八星摸著後腦，苦笑地說：

「當然學過，我都六年級了，別說是整數，連分數的四則運算都學完了。不是這樣的，扶琳小姐……好吧，那我們再確認一次村內的人數吧。」

他的手指如教鞭一般揮舞，就像老師費心地引導學生。

「扶琳小姐，村子裡當時有哪些人呢？」
「……教團相關者。」
「可以說得更具體一點嗎？」
「教祖、幹部，還有一般信徒……」
「只有這樣嗎？妳是不是忘了最重要的部分？他們可是宗教團體喔，怎麼可以漏掉對宗教來說最重要的存在呢？」
扶琳的表情難看到了極點，彷彿喝酒時喝到了醋。
「難道你想說那個村子裡『真的有神』嗎？」
「當然有。」
少年毫不遲疑地回答。
「我說的不是想像，不是集體幻覺，不是純理論，也不是形而上的概念，而是貨真價實、如假包換的物質上的存在……」
少年在胸前合起雙掌。
「那就是『御神體』。」

＊　＊　＊

「不同的宗教有不同的信仰對象。」
八星不理會愕然無語的扶琳，淡淡地繼續說。

「山林河川、天體、動物、亡靈、傳承之物、純粹概念……從泛靈信仰發展至多神論、再到一神論的過程之中，人類信仰過各式各樣的對象，而信仰一定有著『實質上的崇拜對象』，因為神是看不見的，為了讓人感受到無形的神確實存在，絕對少不了用『某種東西』做為象徵。」

八星從口袋裡拿出一個半透明的牌盒，又從裡面抽出幾張卡片展示給眾人看。那是小孩之間很流行的遊戲卡，每張都印著漫畫風格的怪獸，上面還有名字。

「日本神道是泛靈信仰，他們崇拜的御神體通常是森林或山丘等自然物，就像神籬（註1）、磐座（註2）之類的。凱爾特人的御神體是槲樹，圖騰信仰的北美原住民的御神體是圖騰柱。一神信仰的基督徒在原則上禁止偶像崇拜，但還是會以十字架之類的象徵物、聖人遺骸、聖像畫等物品來激發信徒的信仰熱誠。」

扶琳的臉繃得更緊了。這小鬼頭的外表看起來像隻溫馴的小白兔，實際上卻是有著毒針的蠍子。

「所以你的假設是……」

「是的，我認為這個村子的御神體是『真實的人類遺體』。如果屍體多了一具，跑了一個人數量還是剛好。三十二減一再加一，還是三十二。」

註1　用柵欄或繩索圍起的神聖地方，如山岩樹木等。
註2　將石頭當作神像來供奉。

「但是……你剛才也說了，基督信仰『原則上禁止偶像崇拜』，而日本神道『崇拜的御神體通常是森林或山丘等自然物』。既然這個教團的教義混合了基督信仰和神道，那麼……」

「我確實這麼說過。基督信仰『原則上禁止偶像崇拜』，神道『通常崇拜自然物』，但也只是『原則』和『通常』罷了，任何原則都有例外，把聖人遺體或遺骨奉為聖物是很常見的事，日本有些神社也會供奉遺骸，譬如日本橋箱崎的高尾稻荷神社的御神體就是女人的頭蓋骨，就連佛教也會把釋迦的骨頭供為舍利。」

「例外是你說的，又沒人能證明這個宗教團體模仿了這種例外……」

「啊，那個……扶琳小姐，妳忘了這場比賽的規則嗎？」

八星用一隻手啪啦啦地把紙牌撒到另一隻手上，滿不在乎地回答。

「我們這邊『只需要提出可能性』。除了教團核心成員之外沒人知道御神體的真面目，既然教團全員都不在了，『就沒有人能推翻這個可能性了』。即使凶手真的把做為御神體的屍體拿出來，外人『不知道這御神體是什麼』，當然不會發現屍體增加了。」

扶琳皺緊眉頭吸著菸管。對手又用了同樣的藉口來開脫。這規則就像怎麼切都死不了的渦蟲，走到哪都纏著他們不放。

不過……這一招確實很有力。多了一具屍體，就等於多了一個「能自由行動的人物」，還可以隨心所欲地藏匿凶器或移動屍體，這下子想要反駁都難了。

要怎麼擋下這一刀呢……？扶琳緊張地默默盤算，一邊藉著更換菸草來爭取時間。就在此時……

「等一下。」

如揚琴般的輕柔聲音說道。

「這個假設有明顯的矛盾之處。」

＊＊＊

開口的是儷西。

她讓偵探枕著自己的腿，不時細心地為他擦汗搧風，一邊抬頭望向八星。那副模樣簡直就像照顧著天花患者的女神天花娘娘，或是正要吃掉倒地旅人的白骨精。

八星像松鼠一樣睜圓了眼睛。

「呃，妳是儷西小姐對吧？妳為什麼反駁我？啊，妳想反駁當然沒問題，但妳不是我師父的敵人嗎？妳跟我應該是站在同一邊的吧？」

儷西用扇子遮住了臉，大概是害羞吧。

「……我已經完成了受託的工作，私人時間要做什麼是我的自由。」

「喔，這樣啊。規則沒有指定由誰來代表出賽，所以妳想參加也行。那麼，儷西小姐，妳覺得我的假設有什麼矛盾？」

儷西立刻回答。

「『時機』。」

「時機？」

「就是替身掉包的時機。在開始解釋之前，我要先確認幾件事，可以吧？」

「當然可以，請說。」

「第一件，能利用御神體當作替身逃過自殺的『只有教祖一人』。我這樣說沒錯吧？」

八星點點頭。

「是的，因為信徒都是被砍頭，只有教祖能利用屍體製造出自己『被護摩火燒死』的假象。妳的判斷沒有錯。」

「第二件，和少年堂仁交換身分的時機，必須在『少年逃過集體自殺之前』。我這樣說……」

「這一點也OK。因為少年逃走之後就從外面鎖住了聖殿，若無少年的協助是離不開聖殿的，但是少年好不容易才逃過一劫，不可能冒著被抓住的危險跑回去打開聖殿大門。此外，少女的母親已經死了，少年也說過『如果直到最後都說服不了母親就要放棄』，兩人都沒有親情的顧慮了，而且他們肯定不想再看到那個悲慘的場面。還有，少年得先『撕破紙條』才能開門出去，這證明了門還沒被人打開過，也就是說，沒有其他信徒比少年更早離開聖殿。」

「……這樣不是很奇怪嗎？」

儷西歪起腦袋，如同一朵沉重得壓彎了細莖的芍藥。

「教祖到底是在什麼時候和堂仁交換身分呢？

集體自殺之時，少年坐在少女的後方，而處刑的聲音是『從前面漸漸接近』，依照這個順序，少年不可能在少女之前先被殺。此外，直到集體自殺快開始時，教祖一直關在『祈禱室』裡，也不可能在那段時間掉包啊。」

「所以說是胡迪尼的手法啊，魔術就是要在觀眾的眼前表演。教祖在『閉關』之前就殺了少年，並取代了他。」

「『閉關』之前就掉包了？那麼待在『祈禱室』裡的是……」

「當然不是教祖。裡面那個人的真實身分就是『御神體』的木乃伊。」

少年又從牌組之中抽出一張，上面是綑滿繃帶的木乃伊圖案。

「教祖『入關』的時候，少年不是一直陪在他身邊嗎？那個少年的真面目就是教祖。教祖把木乃伊穿上自己的教袍，然後穿上了被他殺死的少年的教袍，如同操縱腹語人偶一樣操縱著木乃伊假冒的教祖。

進行沐浴的是教祖本人，他趁著更衣的時候在護摩火後面偷偷和木乃伊對調，閉關結束後，他把木乃伊從祈禱室搬出來，放在大廳的座位上，再以少年的身分坐在信徒的最後一排。

祈禱開始之後信徒都低下頭去，他又回到教祖的座位迅速地和木乃伊對調，只要穿著紅白兩層教袍，脫掉外面的白袍就能完成換裝。這種迅速變裝的技術在魔術表演之中很常見，中國傳統技藝『變臉』也是如此。

把脫下來的袍子丟進護摩火就能湮滅證據，但是少年的教袍待會兒還要用，所以應該不會在此時燒掉。

順帶一提，教祖祈禱的聲音應該是藉著聖殿中的回音，讓人無法判斷聲音是從何處發出。對了，『讓聲音聽起來很遠』也是腹語的技術，這樣看來，這個詭計的本質不該說是魔術，而是腹語術——所以用胡迪尼來比喻不太對，應該說是埃德加·伯根。」

後者大概是知名腹語師的名字吧，這真不像是日本的小學生會引用的人物。

偵探又開始痛苦掙扎。儷西雙手按住他的身體，免得他的頭從她的腿上滑落，一邊低著頭回應：

「但是在教祖入關之後，少女莉世『看到了走回來的少年的臉』。她再怎麼樣也不可能把成年的教祖和熟識的少年搞混吧……」

「就是因為這樣『才要砍下少年的頭』啊。為了讓少女莉世以為少年還活著，教祖故意把少年的頭從帽兜裡露給她看。逃出聖殿時，少女隱約看見了『少年的臉』也是同樣的原因……」

「嘻嘻嘻嘻嘻……」

扶琳嚇了一跳，發現儷西用白扇遮著嘴，顫抖著身體，發出妖怪似的笑聲。

儷西抬起頭，眼睛像貓一樣在黑暗中發出光芒。

「逮到你了。」

儷西小心翼翼地把偵探的頭從自己的腿上移開。

她面對著夕陽站起，把展開的白扇慢慢舉到肩上，然後往斜下方一揮。白色的一閃撕裂了向晚的空氣，白檀的芬芳如山風一般流向地面。

「所以我才說有矛盾啊。『教祖在入關之前就砍了少年的頭』，接著閉關三天，也就是說少女在祠廟看到的屍體至少已經『死了三天』。

當時是夏季，這塊盆地的氣候非常炎熱，『豬肉若是不放進冰箱幾天就會腐壞』。在這種條件下……」

「啪！」的一聲，扇子俐落地合攏。

「少女莉世不可能看到『好像還活生生的』的屍體。」

＊ ＊ ＊

語聲朗朗。

儷西以優美得有如空谷笛聲般的語調指出了八星假設中的矛盾。

她用白扇指著對方，彷彿以白刃抵住對方的咽喉。扶琳在心中大喊痛快。幹得好啊，儷西！她以絕妙的口才徹底擊垮了對方的論點，如同以鉗子拔去犯人的舌頭，真不愧是被譽為司掌天厲五殘之西王母的人物。

這隻鼬鼠妖怪做為敵人雖然很棘手，一旦奉為守護神就成了靈驗的神獸。扶琳有如得到千軍萬馬，自信十足地看著敵人。如何啊，八星，就算你當過偵探的徒弟，也不曾對抗過這種魑魅魍魎吧……？

但八星不知為何喃喃說起了中文。

「……妳真胖。」

如同在笛聲合奏之中出現了銅鑼聲，現場瀰漫著一股令人坐立不安的詭譎氣氛。

在眾人疑惑的注視之下，八星只是歪著頭自言自語。扶琳皺起了眉頭。這小鬼是當機了嗎？

「……嗯？妳真放？妳真棒……？」

「對不起，我本來想裝帥說句中文，卻忘了那個字有沒有氣音。我只是想居高臨下地表揚一下儷西小姐，像是『表現得很好，虧妳有辦法注意到』這樣……」

他想說的大概是「妳真棒」吧。儷西因不屑和憤怒而板起了臉。

少年還繼續說著「給妳蓋一個笑臉吧」。

「但是我的回答很簡單。村裡有冰箱，只要放進冰箱保存就好了。」

「用冰箱保存屍體……這也是一個辦法，前提是『冰箱還有電』。很可惜，村裡既沒有流水也沒有豬，沒有動力可以驅動水車來發電。」

「『沒有動力可以驅動水車』？真的是這樣嗎？若是利用重力……」

「重力？就像用岩石做為重物啟動投石機那樣嗎？那也沒辦法持續地旋轉……」

「儷西小姐。」

八星抬手制止她說下去。

「還有扶琳小姐。妳們可以先聽我說句話嗎？」

他面向扶琳，又從剛才的牌組裡抽出一張，夾在指頭間。

「可別看不起小學生。」

然後他把卡片朝扶琳射去，扶琳也用兩根指頭接住。

翻過來一看，她沒見過印在卡片上的這種怪獸，只覺得牠閃閃發光，看起來鬥志昂揚。

「這種事連小學生也知道……不對，應該說『小學生更清楚』。各位，聽好了，平成二十年修訂的學習指導要領規定了小學六年級的理科要加上『發電、蓄電』這些課程，而其中一項實驗內容就是『重力發電』，這是把懸掛著重物的線纏在馬達輪軸上，藉著重力捲動輪軸、製造電力。

利用重力位能來發電就叫作『重力發電』，從產生的電量來看，這種設備跟玩具差不多，但是它開銷很低，又是可以循環利用的綠色能源，所以一直有人在研究如何實際應用。」

可以循環利用的綠色能源……這就是「聖女維妮芙瑞德的綠色能源」嗎？可

是……

儷西鍥而不捨地追問。

「那麼重力位能是從哪來的？要利用重力就得把重物移到比水車更高的位置，要把岩石搬到那麼高的地方……」

「獲得重力位能的方法不只是把東西『搬到高處』……」

八星的手指指向天空，又慢慢指向地面。

「東西『往下掉』也可以得到同樣的重力位能。」

儷西的表情僵住了。

「……往下掉？」

「是啊，儷西小姐，村子裡不是有那個嗎？原本能提供水源，在河流乾涸後因滲穴現象而崩塌，變成了垃圾場，非常深邃的……」

八星再次啪啦啦地撒著紙牌。

「『古井』。」

＊＊＊

八星一邊洗牌，一邊走向扶琳。

「將炸毀洞門時崩落的岩石丟進古井，藉此轉動水車發電——這就是我這假設的補充說明。順帶一提，副標的『維妮芙瑞德』（St. Winefride）是在七世紀生於威爾斯的真實人物，她因為拒絕嫁給信仰異教的王子而被斬首，據說她的腦袋滾落的地方湧出了泉水，那個地方現在成了著名的觀光景點，被稱為『聖女維妮芙瑞德之井』。

啊，說到井，這座『觀港山丘公園』裡也有法國領事館還在這裡時用過的『風車汲水井』模型喔。」

八星走到扶琳面前伸出一隻手，說著「剛才丟給妳的是稀有卡片，請還給我」。他接過卡片之後，無比珍惜地收進盒子，又走回原本的位置。

扶琳正想說些什麼，儷西卻搶先問道：

「靠這種方法不可能得到充足的電力吧？」

「喔？儷西小姐是這樣想的嗎？對了，儷西小姐好像有基本的物理知識嘛，那我們就來計算一下能得到多少能源吧……」

少年用滿不在乎的表情回答。

「垃圾場的洞穴大約深六十公尺。滲穴作用是因為地下水侵蝕等原因造成的空洞突然崩陷的自然現象，有的滲穴直徑只有四公尺，深度卻超過一百公尺，所以垃圾場的洞穴會這麼深並不奇怪。

假設把兩百公斤的岩石丟進這個洞，所得的重力位能是重量乘以高度乘以重力加速度，大約等於十一萬七千六百焦耳。接下來把焦耳換算成瓦特。一瓦特是每小時三千六百焦耳，假設水車馬達的發電效率是百分之六十，十一萬七千六百乘以零點六、再除以三千六百，一次作業所得的電力大約是二十瓦特。」

儷西愕然無語。少年淡淡地繼續說：

「同樣的動作重複二十次，可以得到四百瓦特的電力。根據某製造商的型錄，一般四百公升冰箱的耗電量是一百六十四瓦特，但是根據日本電機工業會的調查，這十年來家電用品的節能效果大多都能達到二分之一，所以在案發當時的冰箱耗電量應該要把一百六十四乘以二，也就是三百三十瓦特。讓冰箱運作一個小時的耗電量是三百三十瓦特，而發電量是四百瓦特，足以讓冰箱運作一個小時。

至於實際上的操作，要把兩百公斤的岩石放進網籃很不容易，但若分成十顆二十公斤的岩石，只要一個人就做得來了。村裡的麻繩和網子『多到用不完』，而且古井都附有滑輪之類的設備，利用這些東西應該很容易做出發電裝置。

若不考慮空氣阻力等因素，岩石落下六十公尺所需的時間大約是三、四秒，但是轉動馬達會產生阻力，所以大概要花上一分鐘吧。岩石落下二十次只需要二十分鐘，即使留十分鐘的緩衝時間，三十分鐘之內就能製造一個小時所需的電力。工作三十分鐘可抵一個小時的電力，工作八小時就能抵十六個小時的電力，所以工作八小時之後還可以休息八小時。」

儷西像一隻黏在地上的白蛾沉默不語，扶琳也認命地垂下眼簾。

「捲繩子的時間還可以再縮短，只要做出兩組重力系統就行了，使得一組落下時帶動另一組上升。至於網籃的構造……」

「夠了！」

扶琳不得不認栽了。既然連儷西都無話可說，再聽下去也沒有意義。

八星露出了意猶未盡的表情，連一點勝券在握的優越感都沒有，讓人看了更生氣。

扶琳明白對方的知識完全超越己方，在對方的主場交手絕無勝算，看來得先把話題轉向自己插得上嘴的領域，再想辦法找出對方的破綻。

「……發電的方法我懂了，但我還有一些疑問。」

她先旁敲側擊，試著找出突破點。

「教祖為什麼要用這麼複雜的方式脫身？不想死的話，只要取消集體自殺就行啦，反正教義是他自己隨便訂的，根本不需要炸毀出口，隨便想個理由溜出去不是更簡單嗎？」

「他就是『因為不想死才要搞集體自殺』。正如隱藏樹木的最好地點是森林，隱藏死亡的最好地點是屍體。教祖一定是想讓別人以為『他死了』吧。」

「讓別人以為他死了？他是要騙誰？」

「要騙誰……我沒辦法指出特定的人物，反正一定是教祖害怕的人。」

「教祖害怕的人？那到底是誰？少年和少女嗎？」

八星「咦」了一聲，驚訝地張著嘴。

「……等一下，扶琳小姐，妳該不會以為這個宗教團體真的『只是宗教團體』吧？」

扶琳皺起眉頭。

「什麼意思？」

八星認真地盯著扶琳，她的眉頭越皺越緊。不知是因為年紀或與生俱來的氣質，從這個少年的身上感覺不出任何惡意，但扶琳習慣用有沒有惡意來分辨敵我，她最不擅長對付的就是這種人了。

「……原來如此，這就是所謂的『正經八百』啊，人果然是會改變的。仔細一看，妳的稜角確實比以前圓了……啊，我指的不是體型喔。」

講到身材固然令扶琳不悅，這種故作體貼的語氣更讓人火大。扶琳決定先給他點顏色瞧瞧，就在她往前一步準備擺出攻擊姿勢時……

八星搶先一步開口了。

「這當然是犯罪集團的障眼法啊，扶琳小姐。」

＊　＊　＊

「……妳不覺得奇怪嗎？」

少年對著愣住的扶琳繼續說道。

「我說的是『交易』這件事。這個村子能生產的頂多就是狹小耕地種出來的一點點農作物，怎麼有辦法『到村外交易增加糧食』呢？

總不可能是用一根蘿蔔去交換兩根蘿蔔吧？能做交易的理由只有一個，那就是村子裡栽種了『高價的作物』。」

扶琳錯愕地問道：

「……大麻嗎？」

「可能是大麻，也可能是罌粟。總之這個村子的主力商品一定是這類的違法植物。大麻長得很高大，強風吹不進來的窪地是最理想的生長環境，而且大麻也是麻的一種，所以村裡的麻繩才會那麼多。教祖之所以要嚴格看管儲糧室，一定是為了『防止信徒偷走大麻』。崖上的感應器其實不是用來防止信徒逃走，而是用來防止外人入侵，因為若要監視自己人，把感應器設置在山崖下還比較有效。」

儷西「啊」了一聲。

「所以瀑布一乾涸，教祖就採取行動是因為……」

「因為『種不了大麻了』。只是因為這種現實的原因。」

少年若無其事地回答。

「教祖可能已經跟人訂了交易契約，或是承諾用大麻來償還債務……多半是這類的不良動機。

人煙罕至的深山村莊、擁有不堪過往的信徒、如同罪犯更生設施的教團……他們的真面目其實是『犯罪集團』。

從堂仁母親那句『一起過新的人生』，還有信徒們集體自殺殉道的行為，可以看出他們真的相信教義的教導。但教祖不一樣，他是明知故犯的預謀殺人，證據就是他

『在瀑布乾涸後立刻炸毀村子的出入口』。

如果教祖真的是個虔誠的人，真的是為了讓信徒改過自新才建立這個教團，他就『不會逼信徒集體自殺』，而是會讓信徒自己做決定，想走的人可以走，願意留下的人就留下。然而教祖卻剝奪了他們的自由，這是因為『他有必須殺死所有信徒的理由』。」

扶琳啣著菸管垂下視線，遲遲沒注意到菸草已經燒完了。就算發現了，她現在也沒心情補充。

「理由是什麼……？」

八星沒聽見扶琳的問題，或許是他說得太投入，又或許是她的聲音太微弱。

他轉身走向公園角落，在一座很寬的階梯前站定，用單腳跳上第一階。

「……前言拖得太長了，也差不多該說出這個假設的全貌了。但我要聲明，這不是一個愉快的故事，而是一個自私的人為了自己的好處犧牲別人的性命、最後逃之夭夭的故事——我的假設就是這樣。」

＊＊＊

這個假設的前提是，少年堂仁的逃脫計畫「早就被教祖發現了」。

少女莉世為了要說服母親一起逃走，「好幾次向她提到少年的逃脫計畫」，而少女的母親可能把這件事告訴了教祖。

後來地震發生，村裡的水源斷絕，沒辦法繼續栽種大麻，和壞人訂下交易契約的教祖只有死路一條了。

這時教祖突然想到一個點子。

他打算利用堂仁少年的逃脫計畫來「裝死」。

教祖採用的點子有兩個，第一個就是我剛才說的「重力發電」，另一個是儷西小姐想到的「水車投石機」。教祖靠這兩個點子和「御神體」，想出了「偽造死亡假象逃出村子」的方法。

我現在就開始說明他實行這個計畫的經過。

首先，教祖炸毀村子唯一的出入口，這是為了讓外面的人以為村裡的人出不去。

接下來，他宣告「預言中的末日就要來臨了」，把所有信徒聚集在聖殿裡，背地裡卻偷偷地製造了「重力發電」裝置。就算在製造時被少年看到，少年也不會想到那是為了保存他的屍體，即使少年真的想到，也還有監禁這一招。

在「入關」之前，教祖殺死了少年，用斷頭臺砍下他的頭，把屍體存放在靠著「重力發電」恢復運作的冰箱。

然後入關儀式開始了。這裡的重點是投入護摩火的「香料或植物」，那想必就是大麻吧。教祖利用燃燒大麻的煙霧讓信徒們失去正常的判斷力，這是「為了幫後續的詭計鋪路」。

所謂後續的詭計，當然就是使用「御神體」木乃伊所做的「替身詭計」。

教祖先穿上白袍假扮少年，又給木乃伊穿上自己的教袍假扮成「教祖」，然後把木乃伊搬到祈禱室，讓大家以為教祖在「入關儀式」時關進了祈禱室。他也沒忘記要把少年被砍下的頭從帽兜之下露給少女看，讓她以為從祈禱室出來的人是「少年本人」。

閉關的三日之間，教祖利用「重力發電」讓冰箱維持運作。他應該是用板車來搬運岩石吧。教祖可以獨自完成這個工作，也可以叫其他信徒來幫忙，只要說是清除地震帶來的不潔瓦礫就行了。

過了三天三夜，「閉關」結束。

大屠殺即將開始，聖殿裡再次燒起大麻，教祖依照前面說過的方法再次和木乃伊掉包，恢復了「教祖」的身分，然後拿起斧頭，陸續砍下信徒們的頭。

砍死少女的母親之後，他停了下來，迅速地把紅袍換成白袍，再次假扮成少年。這時所有信徒都低著頭，還受到了大麻的影響，要瞞過他們並不難。

接著他把少女從母親的屍體下拖出來，抱著她走向門口。這時他又用了少年的頭，讓少女以為救出她的是少年本人。

信徒看到教祖突然跑掉當然覺得很奇怪，有幾個人立刻追上去，於是教祖叫了一聲「站住！」——少女當時聽到的聲音，並不是教祖要少年少女他們停下來，而是「命令其他信徒別追過來」。

教祖逃出聖殿之後，從外面鎖上門，把少女抱到祠廟。

順帶一提，教祖在半路上失手把少年的頭掉在少女懷中，但是少女由於血腥場面的震撼和火災的濃煙——也就是大麻的煙——變得意識不清，教祖就隨便扯了一些話來蒙混過去，假裝是「砍了腦袋還能走路的聖人」，讓少女以為自己在作夢。

這就是少女認為「被砍頭的少年抱走自己」的理由。當時在少女懷中那個「像人頭的東西」，毫無疑問，就是少年的頭。

教祖多少也受到了大麻的影響，但他還是硬撐著把少女送到祠廟，再從冰箱搬出少年的身體，和腦袋一起放在少女附近。

然後他回到聖殿，殺光剩下的信徒，把御神體木乃伊丟進護摩火，接著走出聖殿鎖上大門。如果有信徒問他為何中途離開，他隨便掰個理由就行了，譬如「聽見神的召喚」之類的。

最後，教祖逃出了村子。

方法很簡單，只要把「重力發電裝置」改造成「水車投石機」，就能把繩索拋到崖上。

投石機的製作方法和儷西小姐的假設一樣，所以物證也差不多：板車是用來搬運岩石做為重物，測量小豬的尺寸是為了確認有沒有辦法背上山崖，慰靈塔柱子和繩索的用途也一樣……不過板車和繩索也會用在「重力發電」，所以不能說是完全一樣。

教祖最後燒掉整個裝置的理由，當然是為了抹消自己逃走的痕跡。牽到崖上的繩索可以在爬上去之後處理掉，而且「教祖和幹部都知道感應器的位置」，只要把感應器轉個方向，或是避開鏡頭，就能不留痕跡地逃出去。

以上，教祖的完美逃脫計畫完成。

＊　＊　＊

嘿咻！八星又輕盈地跳上一階。

黃昏時分的公園。在這片嫣紅的景色中，一個孩子在平凡無奇的樓梯上玩得不亦樂乎，從他腳下延伸出來的影子長得像個巨人。

看八星對委託人的回憶和之前的辯論內容如數家珍，可見他早已得到情報。這並不稀奇，畢竟在背後牽線的是「同一個人」。

「那、那個……難道說……」

渡良瀨疑惑地問道。

「是『我』把堂仁的計畫告訴媽媽，才害死了堂仁？如果我沒說出堂仁的計畫，教祖就想不到逃脫的方法，也不會殺死堂仁了……？」

八星停了半晌才點頭。

「嗯，或許吧。但這些只是假設，就算這是事實，年幼的妳也不需要負任何責任，有錯的是周圍那些大人。」

渡良瀨全身虛脫地蹲下去。「可是……可是……」她緊抱著包包，神情恍惚地喃喃說著。

扶琳望著漸漸轉暗的西邊天空。

「……我可以問幾個問題嗎？」

「請便。」

「第一點，為什麼教祖要安排這麼複雜的計畫？既然知道逃走的方法，他大可立刻逃走啊。」

「這是為了『掩蓋自己逃走的痕跡』，因為教祖怕交易的對象發現他沒死會派人追殺。如果對方是上窮碧落下黃泉都要抓到他的難纏人物，他當然會想盡辦法消除自己的蹤跡。」

「……他已經用御神體偽裝成自己的遺體了，這樣還不夠嗎？」

「當然不夠。」

八星頻頻搖頭。

「扶琳小姐，妳未免想得太簡單了。利用別人的屍體來裝死，在地下社會是常見的手段，如果只留下燒焦的屍體，對方可能會猜到那是替身。為了避免遭到懷疑，教祖必須『讓少女活下來作證』。」

「……所以他假扮少年救了少女的命，讓她相信『少年幫助她逃過集體自殺』這個故事？」

「就是這樣。」

「那他為什麼要把少年的死法搞得這麼離奇？」

「這想必不是教祖的本意，他本想讓警方以為『少女用祭壇的刀砍下少年的頭』。只要瞄準脊椎的縫隙，用菜刀也能把頭切下來，再不然用石頭敲打刀刃也行。至於少女砍下少年的頭的理由，當然會被認為是教義的影響。

結果教祖失算了，他沒想到鍘刀的碎片會留在少年的遺體上，以致少年的死變成了不可能的狀況。」

八星蹦蹦跳跳地用單腳跳到階梯的最上層，在著地的同時轉了身，又跨著大步跑下階梯。

他順勢一鼓作氣跑到廣場上，停在儷西的面前。

「對了，儷西小姐，妳之前是把少女比喻成『莎樂美』公主吧？」

他像是突然想起了這件事。

「那我也要效法妳，但我要引用的不是王爾德的戲劇，而是這戲劇的原型——聖經裡希律王所說的話。

在莎樂美那件事之後，希律王聽到街頭巷尾流傳著耶穌基督的事蹟，懷疑那人就是被他處刑的約翰，還對他的臣子說『被我斬首的約翰復活了』。」

他的眼睛閃閃發亮，就像個普通的孩子。

「對了，約翰在希伯來語讀作『約哈南』。希律王認為他應莎樂美的要求而處死的約哈南『其實還活著』。

從推理小說的角度來看，這是很有可能的吧？希律王只是命令部下處刑，他自己『並沒有親眼看著約哈南被斬首』，閉著眼睛的死屍很容易用替身蒙混過去，而且約哈南被處刑之後，他的『身體』由門徒領回，『腦袋』則是被王宮的人埋葬了，所以『沒有一個門徒見到那顆頭』。」

這時八星壓低了語調。

「在我看來，這是一個罪犯在模仿約哈南的故事。如果我的假設沒錯，這個連續殺人犯如今應該還躲在某個地方大笑吧。

但這件事已經發生十多年了，想找出教祖就像是大海撈針，這個人的下場只能交由公正的神明來裁決了。

以上就是我的假設。」

＊＊＊

夜幕漸漸掩蓋了如血一般嫣紅的公園。

扶琳吹著秋天寒冷的晚風，終於又吸起菸管，這時她才發現菸草都燒成灰了，便換上新的菸草。她自己也像燒光的菸草一樣無力，連火都點不著，白白浪費了一根火柴。

……糟糕。

真是失策。

她對自己的愚昧懊悔不已。原本想要誘導對方轉移戰場，結果卻失去武器，反遭對方攻擊，而且中的還不只是一擊，而是接二連三的華麗連續技。

宗教團體的真面目、村子的主力商品、教祖炸毀出入口的用意、不能只靠御神體裝死的理由……這些都是她自己出的招，卻全被這個小鬼頭借力使力地拿來反擊。

她都忘記了……

在一般人的世界裡，井是用來取水的。

但在她的世界裡，井是「用來丟東西的」。

就像珍妃井一樣。

清朝的慈禧太后是中國三大惡女的其中一人，或許是因為電影的影響，人們都覺得她是個斷人四肢的陰毒女人，其實那些殘酷的故事多半不是事實，而是後人的創作。

其中只有一件比較符合史實。

那就是「珍妃井」的故事——慈禧太后將光緒皇帝寵愛的珍妃丟進紫禁城的井裡淹死。慈禧太后經常被冠上其他兩個惡女——呂后和武則天——的事蹟，只有這則故事是慈禧太后獨有的。慈禧太后的惡女形象一定就是從這件事及「毒殺光緒皇帝」的傳聞而來的。

說起來扶琳會被人冠上慈禧太后的稱號「老佛爺」也是因為……

她回過神來，和這個老謀深算的少年對上目光。

「扶琳小姐。」

白影在黑暗之中輕輕一顫。即使是鼬鼠妖怪，碰上厲害的道士也束手無策。

「還有儷西小姐。」

八星向兩人問道，沒等她們回答便走過去蹲在偵探身邊，測量他的脈搏。

「已經夠了吧？」

或許是脈搏很微弱，他的表情變得很嚴肅。

「妳們比我想像得更努力，所以耽擱了更多時間。如果要看師父的報告書請快一點。協調人先生，該準備血清了，如果拖得太久我怕會留下後遺症……」

扶琳露出苦笑，但又無話可說。這個小學生的能力確實比她們高出一大截，自己竟然這樣自作主張……

真是太輕敵了。

扶琳從委託人的手中接過報告書，依照對方的要求翻開查詢。既然知道自己贏不了，只能依靠偵探的力量了。不過，就算他是那小鬼頭的師父，也不見得想得出這樣夾七夾八、充滿了古怪詭計的假設吧……

沒有。

果然不出她所料，報告書中找不到八星這個假設的反證，連目錄中都沒有「替身詭計」的分類。她迅速掃過序文，看來是因為屍體數量符合，偵探早就排除了這個可能性。

扶琳不禁發笑。虧他大言不慚地說要「網羅所有的可能性」，結果只有這種程度，以人類有限的智慧去挑戰無限的可能性本來就是個魯莽的計畫。偵探的詭辯終究是技窮了……可是她為什麼覺得有些失落呢？

她不是早就知道會有這種結局嗎？

因為「這個世上根本沒有奇蹟」。

扶琳做了決定，一隻手舉向空中。

「我知道了，是我們輸……」

「等……一下，扶琳……我的……反證……還沒……結束……」

＊　＊　＊

怎麼可能？

扶琳嘖了一聲，頭痛地看著躺在地上的男人。

「閉嘴。你又不是聖人，幹麼擅自復活？別再留戀塵世了，快安息吧，那個少年道士會幫你貼上符紙，讓你早日升天的。」

「別……把我說得像殭屍一樣，扶琳……我還活得好好的……」

一條白影迅速貼近。是儷西。偵探攀著她的肩膀勉強坐起來，沉重地喘著氣，顫抖的手在懷中摸索，取出了一支筆。

是他之前用過的戰術筆。

他猛然將筆戳進自己的大腿。

啊！委託人發出小小的驚呼，扶琳也一臉嚴肅地皺起眉頭。這個大蠢蛋，為什麼要這麼堅持呢？

偵探蜷著身體，好一陣子只是無聲地顫抖，再抬起頭時，他的臉上都是汗水，眼睛卻生氣盎然，必定是疼痛令他振作了精神。

「……好久不見了，師父。」

站在旁邊的八星板著臉出聲問候，偵探轉頭看他，勉強擠出一個笑容。

「喔，好久不見啊，聯……你長高了。」

八星反射性地摸摸自己的頭。

「只長了五公分。」

「那就是長高了啊。」

「應該要再高一點才對。您以為我們幾年沒見了？三年，是三年喔，因為您躲了我整整三年……」

「因為你還年輕……我不想讓一個前途無量的少年陪著我做這種無意義的追尋。」

「您自己也知道這種事沒意義嗎？」

八星漠然的語調漸漸有了溫度，彷彿有某種情緒從心底湧出。少年又拉起帽兜，像縮進殼中的烏龜閉口不語，偵探用慈愛的眼神看著從前的徒弟。

但是這位師父接下來說的話，瞬間就讓重逢的感動消散無蹤。

「對了，聯……我聽到你的假設了。」

八星猛然抬頭。扶琳也突然愣住，彷彿酒喝下肚才發現是劣酒。在這麼感人的場面該說這種話嗎……

「……別這樣，師父。」

「你說得很好，最精采的就是雙重詭計的論證。你才這個年紀，就能獨力對抗這兩位女中豪傑，真了不起。」

「拜託您，師父，不要反駁我的假設。」

「你成長了很多喔，聯，你也克服了從前的怯懦，不過……」

「師父，師父……求求您聽我的勸告，不要再繼續下去了……」

「可惜『你還是差我一步』。」

「師父！」

偵探拉開了八星攀在他身上的手。

「很遺憾，你還沒辦法繼承我的衣缽。聯……你說的可能性『我早就想到了』。」

＊＊＊

……「早就想到了」？

扶琳以為自己聽錯了。這怎麼可能？報告書裡明明……

「渡良瀨小姐……請翻到三百九十二頁……」

偵探一邊難受地喘氣，一邊對委託人下了指示。一直呆呆旁觀的渡良瀨終於回過神來，挺直身軀，鞠躬說了句「對不起」，拿回扶琳手中的報告書，迅速翻到偵探說的那一頁。

「啊……有了！是這個吧？第五章『不在場證明詭計』第一節，『用冰箱保存遺體偽造死亡時刻的可能性』……」

扶琳吃驚地叫道。

「『不在場證明詭計』？」

「為、為什麼是不在場證明詭計？不是替身詭計嗎？」

「妳還沒睡醒嗎，扶琳……這詭計的本質怎麼想都是『偽造死亡時刻』的經典不在場證明詭計啊……」

偵探突然咳了起來，八星本能地跑過去蹲下，和儷西一左一右地幫他拍背。聽到偵探道謝，他才突然意識過來，紅著臉收回了手。

「教祖變裝假扮少年，以及重力發電，都是用來製造不在場證明的手段……再說，利用斷頭屍體進行『替身詭計』，會讓人以為是要『假扮屍體』……所以還是稱為『不在場證明詭計』比較貼切。」

扶琳簡直不知該如何吐槽。話都是你在說的！

「……師父真是笨蛋，大笨蛋。」

八星故意說出聲來，偵探卻充耳不聞。

「那麼……我就簡潔地反駁你的假設吧。要推翻這個假設並不難，重點在於是否注意到『兩件事』……

第一件是『祠廟裡藏小豬的地方只有少年堂仁和少女莉世知道』，另一件則是『這個地方放了水和糧食』。」

藏小豬的地方……還有糧食？

跟這兩件事有什麼關係？

「除了少女之外『只有少年知道這個地點』，可見糧食一定是『少年搬過去的』。可是……」

偵探咳了兩聲。

「……可是，在你的假設之中，教祖是在入關儀式之前殺死少年的，所以少年搬運糧食『必定是在入關之前』。

不過，少年『不可能在入關之前拿到糧食』……聯，你知道這是為什麼嗎？」

突如其來的發問讓從前的徒弟愣了一下。

「……因為教祖嚴密看管著儲糧室，對吧？要到儲糧室必須先經過教祖的住所，所以在教祖還沒關進祈禱室之前，誰都沒辦法拿到裡面的糧食……」

「只有這樣嗎？」

「還有鑰匙。教祖片刻不離身地帶著鑰匙，少年能偷走鑰匙的時機只有入關儀式——也就是教祖『脫下衣服』沐浴的時候。因為少年隨侍在教祖身邊，他可以趁機偷走鑰匙，或是用假的鑰匙掉包……」

偵探滿意地點頭。

「回答得很好。我再補充一點，教祖不可能自己把糧食交給少年，因為『你的假設若是正確，教祖真的打算殺死少年並利用他的屍體』，那麼少年向他討糧食時，他為了防止少年逃走，一定不肯答應。」

偵探說到這裡就停下來，痛苦地扭曲了表情，過一陣子才說出「抱歉」，接著繼續論述。

「這樣你就懂了吧，聯……如果你的假設正確，少年在入關之前或之後都無法搬出糧食，而少女的腳已經骨折，又一直關在聖殿，也不可能是她搬去的，既然如此，把糧食搬過去的應該是其他人，但這樣又違反了『只有少年和少女知道那個地點』的事實。」

八星原本像蟬一樣貼在偵探的背後，聽到這裡頓時退開，慌張地問道：

「或許……或許糧食不是從儲糧室搬出來的，而是少年把自己的配給偷偷地存下來……」

「放在那裡的脫脂奶粉『還沒拆封』，可見一定是從儲糧室裡偷來的。」

「那麼……那麼教祖可能是聽少女母親說過藏小豬的地方……」

「這件事和逃脫計畫不一樣，少女自己都囑咐過少年『絕對不可以把小豬的事告訴她媽媽』，她自己當然也不會說。」

「那麼……那麼……」

八星想不出其他理由了，他的話尾如煙霧一般被秋風吹走，消散在匍匐於地面的夜色中。最後八星停止掙扎，低下頭去，額頭靠在師父的背後，不發一語，就像吸著母乳的幼犬一動也不動。

偵探平心靜氣地說道：

「你沒有其他問題了嗎，聯？那我的反證就結束了。」

＊　＊　＊

天色不知不覺地暗下來，公園的路燈都亮了。

在昏暗之中，扶琳從懷裡掏出手機。勝負已定，現在只要給偵探注射血清就好了，不過那是致命的劇毒，為了避免像八星所說的留下後遺症，還是找醫生來看看比較妥當。

幸好橫濱附近就有一個她認識的黑市醫生。扶琳打電話過去，但只聽見鈴聲響個不停，沒人接聽。她早已警告過他，她打去的電話鈴響三聲之內就得接聽，難道那個傢伙又在跟哪個女人滾床單嗎……

就在此時。

扶琳突然發現身邊的異狀。

除了她以外，沒有一個人有動作。八星、渡良瀨、高大的灰衣男子，所有人都呆若木雞地圍在倒地的偵探身邊，只有儷西還搧著扇子左右張望，一副搞不清狀況的模樣。

簡直像在看人偶劇一樣。扶琳滿腹狐疑地走向灰衣男子，用菸管戳了他的額頭。

「喂，你發什麼呆啊？比賽都結束了，還不快幫他注射血清！」

灰衣男子用陰沉的藍眼睛看著扶琳，默默地搖頭。

扶琳瞇起眼睛，反手抓起菸管，眼看就要往男人的咽喉刺過去……

「我不明白！」

八星突然叫道。

「為什麼？為什麼師父要這麼執著於『奇蹟』？我不是說過了嗎，這並不是失敗，而是祝福啊！您可以從無盡的旅程中得到解脫啊！若不是為了『證明奇蹟』，師父就能當個了不起的人，也不用被人家在背後指指點點的了！我……我……我真的想要幫助師父……為什麼您就是不肯罷手呢？」

扶琳的攻勢在灰衣男子的脖子前停住了。

「……什麼？」

「那個……」

黑暗中傳來低沉的聲音。渡良瀨如幽靈一樣站在那邊，在路燈的光芒之下，她的臉色蒼白得有如剛從墳墓爬出的死人。

「……對不起，偵探先生，扶琳小姐……我有一件事必須向你們道歉。」

第五章　女鬼面具

「……對不起，偵探先生，扶琳小姐……我有一件事必須向你們道歉。」

在路燈微弱的光線下，像個幽靈的渡良瀨說道。

她的表情很空洞，聲音之中也感覺不出她的意志，彷彿只是照本宣科地讀著事先準備好的臺詞，那毫無生氣的模樣連扶琳都感到一陣寒意，簡直就像一具殭屍……

「我騙了你們兩人，其實……」

「……妳不是回憶中的少女『莉世』，對吧……？」

氣若游絲的偵探搶先說出答案，扶琳一聽就睜大眼睛。

渡良瀨無力地笑了。

「……你果然發現了。你是什麼時候注意到的？」

「很簡單……因為那個教團的信徒都捨棄了過往，使用教祖取的『聖名』……既然如此，回憶中的少女本名一定不是『莉世』……但妳還用了這個名字申請了存款簿，用不著從警方調查報告確認少女和妳的本名，我就知道妳們不是同一個人……」

「所以你一開始就知道我不是那個少女了嗎……偵探先生心機真重啊。你為什麼一直不說？」

「因為我不知道妳說謊的理由……既然委託人想要隱瞞這件事，我又何必硬要揭穿，再說妳只是來請我調查事件的真相……」

這時偵探停了下來，重複著痛苦的喘息。

「……不過，我已經知道誰是幕後黑手了，妳假冒那位少女想必也是那個人吩咐的吧，若非如此，『妳一定會說出想要解開謎底的真正理由』……」

想要解開謎底的真正理由？她不就只是想知道真相嗎？

「聯……」

「儷西……」

偵探呼喚著從前的徒弟。

接著他轉向白色的人影。

「然後是……阿列克謝先生？」

最後他看著灰衣男子，不太確定地叫了對方的名字。對耶，都還沒搞清楚這人的本名是什麼。

「你們『訂契約的對象』是同一個人吧……？會這樣不辭勞苦耍手段妨礙我的人，我只知道一個，那就是……」

偵探終於說出了那人的名字。

「卡瓦列雷樞機。我這次還是被他玩弄於股掌之中……」
卡瓦列雷樞機。
幕後黑手果然是他。
扶琳緩緩吸起菸管。聽到這個名字她一點都不意外，其實根本用不著說，在這世上只有一個人會如此死纏爛打地逼偵探接受這種愚蠢比賽。
「老佛爺。」
儷西開口問道。
「現在問這個似乎晚了些……那位卡瓦列雷樞機和我們的偵探先生到底有什麼過節？」
扶琳露出受不了的表情看著纖瘦的白檀女。
「妳什麼都不知道就接下這份工作？」
「我儷西此行的目的只是為了老佛爺……」
她羞赧地用扇子遮住臉。
「其他瑣碎的事我就不管了。」
扶琳莫可奈何地看著自己從前的搭檔。對了，剛才氣氛很緊張時，她也是一副事不關己的樣子，可見她只在乎契約規定的工作內容，對於樞機的最終目的和想法卻毫不關心。這個女人對自己沒興趣的事真的是完全懶得碰。

「我也不太清楚原因，只知道師父和樞機是敵對的關係……」

八星也開口說道。這讓扶琳有些驚訝，偵探竟然連對徒弟都沒說過……不過那確實不是該對小孩說的事。

「你們都知道卡瓦列雷樞機是誰嗎？」

聽到扶琳的問題，儷西和八星都點頭了。

「我知道，他是義大利人，聽說是最接近下一任教宗寶座的人，我因為工作的緣故和他往來過幾次。」

「那妳也知道這位樞機在天主教大本營梵蒂岡是『封聖部』的一員，負責『審核奇蹟』嗎？」

「有聽說過。不過他只是掛名吧？讓那種人去審核奇蹟的話，鐵定會全部駁回的。」

旁邊傳來了笑聲。瀕死的偵探聽到這句話就笑得渾身顫抖。

「哈哈，宋女士真是明察秋毫……那位和軍人一樣就事論事的現實主義者無論在任何情況之下都不可能相信奇蹟的……」

偵探曲起一隻腳，單手靠在上面，歇息片刻。大概是因為講到宿敵卡瓦列雷的名字，他的精神都上來了，雖然還是滿頭大汗，但眼睛在夜色之中閃閃發亮。

「……在義大利南部的某個村子裡，有一位被稱為『藍髮聖女』的修女。」

他原先痛苦的語氣變得強而有力。

「她顯『奇蹟』治好了很多疑難雜症，很多人聽到傳聞都跑去村子向她求助，後來人們還向梵蒂岡請願，希望教廷承認她的治癒能力是『奇蹟』。」

彷彿呼應著逐漸加深的夜色，他的聲調變得越來越沉重。

「梵蒂岡的『奇蹟』審核，通常是具有聖德的信徒過世之後準備封聖時才會進行，依照慣例，最快也要等人死後幾十年才開始審核，但是支持這位修女封聖的呼聲非常高，教廷只好破例，對尚在人世的信徒進行『奇蹟』審核……」

偵探沉默了片刻，彷彿在壓抑逐漸高漲的感情。

「……但梵蒂岡最後的回答是『Non constat de supernaturalitate』（不能判定是超自然現象），否定了她的奇蹟。

在梵蒂岡承認的奇蹟之中，數量最多的就是『治癒的奇蹟』，因此審核的標準當然很嚴格，如果是治癒癌症必須十年以上沒有復發，所以不難想像梵蒂岡會做出這個結論。在『藍髮聖女』的治癒案例之中也有很多可以立即判斷是奇蹟的情況，但梵蒂岡也沒有承認這些奇蹟。

申請被駁回以後，世人對這位修女的評價迥然一變，認為她那些奇蹟都是騙人的，甚至有人謠傳修女用信徒奉獻的金錢在國外的度假勝地買了別墅……還有人說修女其實是村長的情婦，她的表演只不過是為了增加村子的觀光收入。」

他聲音顫抖，呼吸紊亂，想必不只是因為毒性的作用。

「結果她真的是在騙人嗎？」

儷西單刀直入地問道，偵探卻沒有回答。

「另一方面也有人認為梵蒂岡駁回申請是出自政治考量，還有人說和她那間修道院對立的團體怕她聲勢過高而蓄意打壓，或許也是因為教宗選舉快要開始的緣故……總之，從『奇蹟的聖女』淪為『曠世騙徒』的修女不再被人們提起，世人都遺忘了她的存在。某天，有一位自稱是她兒子的少年出現在梵蒂岡……」

「兒子？在神的面前發過貞潔願的天主教修女怎麼會有兒子？」

儷西這個問題還是沒有得到偵探的答覆。

「少年獨自查出了母親的奇蹟審核是因為一位樞機的強力反對才遭到駁回，因此趁夜溜進那位樞機的臥室，拿著刀逼他重新審核，他卻毫不畏懼地對少年說：『你先證明真的有奇蹟存在，我再考慮要不要重新審核』。」

偵探說到這裡就停了下來。扶琳十分驚訝，她從沒聽過偵探如此赤裸裸地說出自己的往事。

「不用說，那個少年就是我，那位樞機當然是卡瓦列雷。這就是我和卡瓦列雷的過節，也是我堅持證明奇蹟的理由。不過，我越是恨他，他對我越是忌憚，即使我不主動去找他，他也會來找我的麻煩……」

偵探苦笑著說出的最後一句話似乎帶有一絲親暱感。在經年累月的對抗中，他們的關係或許產生了一些改變吧。

「這就是理由嗎……」

八星在偵探身邊喃喃說道。他終於聽到了師父的真心話。偵探今天會把事情全都說出來，大概是為了八星吧，但扶琳不確定那是因為認同徒弟的成長，或者只是叫他別再多管閒事的訣別之詞。

＊＊＊

公園的路燈如聚光燈一樣打在渡良瀨身上，她無力地笑著點頭。

「這一連串的比賽都是卡瓦列雷樞機策劃的，我會去委託你們調查也是出自樞機的指示……」

「偵探先生說得沒錯。」

偵探的身子一晃，又倒了下去，大概是講述往事讓他用盡了力氣。儷西和八星一人一邊地扶住他，還可以聽見八星一邊啜泣一邊叫著「師父……」。

「那就是妳『真正的理由』嗎？」

扶琳斜眼瞄著躺在地上的偵探，對渡良瀨問道，委託人也同樣望著倒地的男人。

「我的理由不是三言兩語就說得完的，但是偵探先生的狀況……」

渡良瀨突然挺直身體。

她摸著自己的耳環，低聲說了些什麼，似乎在和誰對話，說不定就是卡瓦列雷樞機……那一定是他們的通訊工具。

「我知道了……樞機大人剛才給了指示，要我繼續說下去。」

渡良瀨把手放下，用陰沉的語氣說道。

「首先是我和堂仁的關係……在他母親離婚之前，他的本名叫作『渡良瀨隼人』。我們是貨真價實的『同胞兄妹』。」

兄妹？繞了一大圈，一度失落的關聯又莫名其妙地接上了。委託人的真正身分竟是被害者的血親——遺族？

「在我還小的時候，我的父母就離婚了，我跟了父親，哥哥跟了母親，後來聽說母親迷信宗教，帶著哥哥搬走了。」

渡良瀨的語氣變得柔和。

「哥哥是個很體貼的人……」

她露出笑容。

「所以就算母親再怎麼不好，他也絕對不會捨棄她。我雖然難過，還是吞下淚水，努力地過著自己的生活，我深信長大以後一定可以再見到他……」

說到這裡，她咬住下脣。

「可是這個心願卻落空了。」

聲音變得冰冷，臉如面具一樣沒有表情。

「哥哥被捲進了一件愚蠢的案件。」

這冰冷的沉默彷彿連空氣都凍結了。

「我不懂。那麼溫柔的哥哥為什麼會死？聽到只有一個人生還，我更不甘心。為什麼得救的只有那個人？為什麼活下來的不是我的哥哥？

後來我聽說唯一生還的少女叫作『莉世』，突然能夠接受了。喔，原來是這樣，哥哥一定是為了保護那個女孩而死的……」

渡良瀨閉上雙眼。

「因為『莉世』就是我。」

她抬起雙手，抱著自己的肩膀。

「哥哥以前也常常保護我，他真的很溫柔。那種父母竟然生得出這樣的孩子，連我都覺得不可思議。

所以我努力說服自己，哥哥一定是把那個女孩當成我，才會為了保護她而死。這麼一來，被哥哥拯救的人就是我了，被他所愛的人就是我了。

這當然是我的幻想，只有這樣想才能讓我的心裡比較好過。哥哥把那女孩當成我而救了她，所以代替他活下來的女孩就是我，『莉世』就是我——只有這樣說服自己，我才接受得了這件事。可是……」

語調又變得陰沉。

「為什麼哥哥的遺體斷了頭？」

「為什麼只有那女孩活下來？」

「哥哥該不會是被那女孩殺死的吧？」

如同呼應著這冰冷的話語，公園裡吹起一陣寒風，吹亂了在場所有人的頭髮和衣服。

「我長大之後得知了詳細的情況，大受震撼。我立刻查出那女孩的地址，跑去找她。身為受害者家屬，我想要知道哥哥究竟是怎麼死的。

見到那個女孩之後，我發現她是個可愛、乖巧的女生，而且也很誠實。她一見到我就立刻跪下，哭著向我道歉，說她很難過只有自己一個人得救。

然後她說『妳可能不會相信』，熱烈地說起了事情的經過，還拿她在案發之後才開始寫的日記給我看，她的表情很認真，態度也非常誠懇。她對我描述著，她看到了我哥哥的……」

說到這裡，她露出了僵硬的笑容。

「『奇蹟』。」

強勁的晚風再次颳起，被吹亂的頭髮遮蔽了那扭曲的笑容。

「我整個人都呆掉了。」

她攤開雙手不屑地說。

「真是嚇到我了。說什麼我哥哥被砍頭之後還抱著她走到祠廟……她竟然一臉認真地說出這麼誇張的情節。我心想她一定是腦袋壞掉，或是吃下去的甜點在體內腐壞長蛆了。就在那一刻，我對她的疑惑變成了確定。奇蹟？別開玩笑了，那絕對是她編出來的故事……」

她的語氣充滿了憎恨。公園的昏暗燈光之中彷彿浮現了一張般若的面具。女鬼面具……

「我臉上帶著笑容，雙手卻在桌底下緊緊握住，我在心底發誓，『我絕不會承認這種藉口』。如果是案發當時、年紀還小的她說出這些話，我應該可以體諒她，覺得她只是被嚇迷糊了。當時她身邊的大人們一定也是這種反應吧。可是我們現在都長大了耶，我們都是成年人了耶，她怎麼會以為那種藉口現在還行得通？真搞不懂她的腦袋裡都裝了些什麼。

哥哥在那件慘案裡死了，只有她一個人活下來，這件事我可以不跟她計較。但是，如果那件事還要再被拿出來歌頌，如果她的幸福是『建立在我哥哥的無辜犧牲之上』……」

「我絕對不會放過她。」

＊　＊　＊

漫長的寂靜。

良久之後，渡良瀨深深地鞠躬。

「……對不起，我扯得太遠了。」

她彷彿大夢初醒。

「我接著說下去吧。總之因為有很多煩惱，我開始上教堂，因此認識了一位修女，她就介紹了樞機給我。以上就是事情的經過。時間不多了，我們還是盡快開始討論吧。關於我的假設是這樣的……」

「等一下。」

扶琳突然喊道。雖然她知道自己沒有立場插嘴……

「是，扶琳小姐，怎麼了嗎？」

「那個……『如果這件事不是奇蹟』，妳打算怎麼做呢？」

被扶琳這麼一問，渡良瀨愣了一下，然後露出微笑，把吹亂的頭髮撥到耳後。

「這個嘛……該怎麼做呢？」

她一副傷腦筋的樣子，笑著反問。

「我想過幾個方法，但一直做不出決定。扶琳小姐一定想得出比我好一百倍的主意，可以的話真想借用妳的智慧。

但我可以確定，無論選了哪條路，一定都會加深我的罪孽……」

渡良瀨停頓了一下，然後朝著儷西說：

「對了，儷西小姐把這件事比喻成莎樂美的故事對吧？我很少看書，對文學也沒有研究……」

她邊說邊把蓋在臉上的髮絲撥開。

「故事中有沒有提到哪個女人向莎樂美復仇呢？」

她天真地問道。

「一定有這種人吧？既然約哈南能讓公主這麼著迷，一定還有其他女性仰慕他。不過，就算復仇了也只會遭到公主的反擊吧……我也不知道。話說那個女孩真的像公主一樣，即使遇上了那麼悽慘的事，還是活得那麼天真單純，那麼幸福滿足。相較之下，真正的莉世卻變成一個性格扭曲的人，因為父親再婚的對象很討厭前妻的孩子……」

渡良瀨沒再講下去，像是在自嘲「說這些又有什麼意義」。

然後她抬頭仰望著星辰稀落的夜空。月亮此時應該升上來了，但是空中蓋著厚厚的雲層，什麼都看不到。

「所以……這兩件事是相關的。」

渡良瀨遙望著遠方，出神地說著。

「那個莉世犯過的罪，和『未來的我』會犯的罪是相關的。換句話說，如果不能證明回憶中的少女莉世是清白的，未來的我就會做出犯罪的行為。

我先前的態度並不是裝出來的，我是真的很擔心，如果偵探先生沒辦法推翻那些可怕的假設該怎麼辦……」

她把雙手放在嘴前呵氣。

「而且我『現在』依然在擔心。」

渡良瀨的身影從燈下消失。

她越過黑暗，在照著偵探的燈下再度現身，然後跪在倒地的偵探身旁，如同獻上禮物似地把報告書放在地上。

「……偵探先生，你還聽得到我說話嗎？」

她祈求般地問道。

「如果你還聽得見，請你告訴我，這真的是奇蹟嗎？真的是神的恩寵嗎？那件事的真相並不是尋常的犯罪嗎？

如果那真是奇蹟，請你證明給我看，請你否定一切的惡意，請將『所有難以原諒的可能性』從這世上消除。

若非如此，我一定會墜入黑暗的深淵。我當不成被王子保護的公主，也當不成奪走愛人性命的莎樂美，我只是故事的旁觀者，如果這麼渺小的我還值得拯救的話……如果這麼虛無的我還沒被神捨棄的話……

拜託你，偵探先生，請幫助我，請救我『脫離可能犯下的罪』！」

渡良瀨雙手按在地上，深深低頭行禮。

然後她慢慢起身，如同浮現在黑暗中的屍骸，那毫無生氣的眼睛和慘白的臉孔朝向扶琳。

「我現在就開始說明我的假設。」

＊＊＊

「話雖如此……」

她突然改了口。

「其實我根本『沒有什麼假設』。」

沒有假設……？

「我只是個平凡的人，沒辦法像在場這些特別的人們想出那些理論，我現在要說的事都是卡瓦列雷樞機想出來的。那位大人說過，如果偵探先生聽到我這樣說一定會覺得很困擾吧。我只能像鸚鵡一樣，一字一句地照著他寫的稿子念。」

原來是這麼回事。扶琳大概猜得到樞機的企圖了，也就是說渡良瀨只是代理，實際上這是偵探和樞機一對一的比賽。

「其實樞機大人的主張也不能說是假設。呃……」

渡良瀨在包包裡摸索，然後拿出手機。液晶螢幕的光芒從下方照亮了她的臉。

「請容許我看小抄。」

她輕輕鞠躬。

「以我這麼差的記性實在背不下來……那我就開始說了，若是聽得不舒服還請見諒……」

然後渡良瀨深深吸了一口氣。

「首先是第一位，前檢察官老爺爺、大門先生的假設……」

她照著劇本念了起來。

「這是利用家畜轉動水車的詭計——取名為『火烤家畜踏車』。

偵探先生提出的反駁是『所有的豬都在最後的晚餐被殺來吃了，已經沒有豬可以用了』。」

渡良瀨不知為何提起了老人的假設。為什麼現在還要回頭說這些呢？

「而偵探先生的立論根據是『在這頓晚餐中每個人都吃到了一隻豬腳』——包含『教祖』在內，總共有三十三人出席，每人都要吃到豬腳的話，至少需要三十三隻豬腳，一隻豬有四隻腳，要得到三十三隻豬腳至少得殺掉九隻豬。

接著偵探先生又從名牌上的數字『12』推論出豬的數量在九隻以下，這和我要談的事無關，所以就先不管了。我要說的是，從三十三這個數量可知偵探先生認為『教祖出席了最後的晚餐』，也就是說，這時教祖還沒禁食閉關。偵探先生認為『入關儀式是在最後的晚餐之後』，和少女描述的一樣。」

確實是一樣，但她何必強調這一點？

「接著是第二位，儷西小姐的假設。」

渡良瀨繼續讀下去。

「內容是水車改造而成的投石機把少女和少年的遺體拋進祠廟、撞上祭壇——取名為『百步穿楊水車投石機』。

偵探的反駁是『如果少女被投石機拋進祠廟，這衝擊力不是撞碎石膏就是撞壞祭壇，但兩者都完整無缺』。」

渡良瀨停下來換口氣。

「立論根據是『少女立刻發現了少年的人頭』——因為少女的位置是逆光，地面又很暗，應該看不到少年的頭，既然她看得到，必定有光線照亮了少年的頭。祠廟裡唯一可能出現的光源，就是祭壇上的鏡子反射出來的陽光，既然鏡子沒倒，就代表祭壇也沒倒塌。

這論點雖然有點牽強，還算說得通。不過……」

渡良瀨停了下來。

「現在請先思考一下。」

原本盯著手機的她抬起頭來，用空洞的眼神看過來。

「少年堂仁不是把水和糧食搬到『祭壇下面』藏小豬的地方嗎？」

是啊，那又怎樣？

「所以，他當時『一定搬動過祭壇』。」

搬動過祭壇……？

「要搬祭壇之前，一定得先拿開『容易倒下的鏡子』，所以少年搬動了祭壇之後，

『應該會把鏡子重新放好』。

可是偵探先生在反駁時指出鏡子沒有蓋著布，而且鏡面是『朝向下方』，否則就沒辦法照亮地上的人頭了。

偵探先生認為鏡子會擺成這樣，是因為『少女來這裡打扮之後，鏡子就一直維持原樣』，也就是說，在少女用過鏡子之後沒有其他人動過鏡子，那麼，少女使用鏡子的時間『鐵定在少年把糧食搬來祭壇下面之後』。

少女是為了最後的晚餐而打扮的，晚餐的時間當然在打扮之後。換句話說，依照偵探先生的論點，最後的晚餐是在搬運糧食之後。和第一次反證的結論合起來看，依照時間順序是『搬運糧食』、『最後的晚餐』、『入關儀式』。」

在這瞬間。

扶琳冒起了雞皮疙瘩。

糟了！情況不妙。絕不能讓她繼續說下去！

「最後是第三位，那邊的小學生、八星聯的假設。」

扶琳還來不及阻止，渡良瀨已經點燃最後一根炸藥的引信。

「內容是教祖入關之前殺死少年並頂替了他，再利用重力發電驅動冰箱保存屍體，取名為『你的神在哪裡？——聖女維妮芙瑞德的綠色能源』。

偵探先生的反駁是『如果教祖真的殺死少年並頂替了他，少年在入關儀式之前之後都沒有機會搬運糧食』。

在這論點之中，偵探先生『清楚指出』少年不可能在教祖入關儀式之前搬出糧食，理由是教祖在入關儀式之前都在自己房間裡監視著儲糧室，另一個理由是少年只有趁教祖在儀式中脫衣沐浴時才有機會偷走鑰匙。

從這論點來看，少年搬運糧食一定是在入關儀式之後，所以順序應該是『入關儀式』在先，『搬運糧食』在後。」

啊啊啊！扶琳發出懊悔的叫聲。

原來敵人看準的是「這個」！

「咦？怎麼會這樣？」

渡良瀨像在演戲一樣，戳著自己的臉頰。

「這不是很奇怪嗎？依照第一個假設的反證，是『最後的晚餐』在先，『入關儀式』在後。依照第二個假設的反證，是『搬運糧食』在先，『最後的晚餐』在後。可是，依照第三個假設的反證，卻是『入關儀式』在先，『搬運糧食』在後。」

她緊盯著偵探。

「順序根本不一樣嘛。」

致命的一擊。

「這不是互相矛盾嗎？」

扶琳不禁按住脖子。這簡直是能砍下人頭的致命一擊。

「這是怎麼回事？偵探先生的反證會在不同的場合換成不同的標準嗎？對一個人說因為A比B晚所以不可能，對另一個人又說因為A比B早所以不可能，這種前後矛盾的論點根本沒有說服力嘛。這就是所謂的雙重標準吧？

把每一次辯論分開來看，偵探先生的論點都很有道理，全部放在一起看，卻明顯地有衝突。換句話說，偵探先生的三個反證之中『必定有哪個是錯的』。」

渡良瀨用針一般的銳利視線看著偵探。

無言的譴責。沉靜的憤怒。如同純真的女孩發現情人在說謊時的怨懟。

最後委託人走向八星剛才在玩耍的階梯，爬到最上層，轉過身來。彷彿把那裡當成一個舞臺。

「為什麼會有這種矛盾，請你解釋清楚。」

她一手按在胸前，另一手朝著偵探伸出，就像唱著詠嘆調的歌劇女主角。

「這就是卡瓦列雷樞機的論點。他不像先前的各位一樣提出假設，而是指出『偵探先生在反證時自己產生的矛盾』——也就是『反證的反證』。」

＊＊＊

……中計了。

扶琳認命地靜靜閉上眼睛。

反證的反證。這和先前那些假設完全是不同的層次。

這指責要攻擊的是「偵探至今建構出來的理論」。

他不只是「指出偵探論點中的矛盾」。如果樞機和之前那些人一樣，把異想天開的假設當成武器猛攻過來，偵探只要避開攻擊就好了，就算避不開，結果只是「這次事件的真相並不是奇蹟」，對偵探來說不過是偶然的失敗。

但這指責沒這麼簡單。

他是要從根本腐蝕偵探的論證。

就像能融化內臟的「鴆毒」。這指責是在質疑偵探這種證明法的「可信度」。

就算偵探真能推翻一切的可能性，若是「這些反證可能互相矛盾」，他就「必須事先反證這些可能的矛盾」。

若是接下來提出的論點也有引起矛盾的可能，他又要再反證。若是那個排除矛盾的論點又有引起矛盾的可能，他又要再反證……

反證之中會生出更多反證，就像是無數反證構成的曼陀羅圖，永遠沒有證明完的一天。這麼說來，偵探那句「推翻所有的可能性就能證明奇蹟」的方法論整個都會垮掉。

所以這並不是針對偵探「反證」的一擊，而是擊碎他「信念」的破魔箭。

那傢伙……卡瓦列雷樞機真的存心讓偵探永世不得翻身。

「要回答這個問題太簡單了。」

儷西如一隻白蝴蝶從夜幕中現身，像是在夜裡變得更香的花朵，散發著濃濃的白檀香氣從一盞燈下走到另一盞燈下。

「好比說，第一個反證的時間順序是根據少女那句『教祖參加了晚餐會』的證詞，說不定只是少女搞錯了，其實教祖根本沒有參加晚餐會。」

不對……不是這樣的，儷西！

「……請等一下，樞機大人回覆了……」

渡良瀨摸著耳環仔細聆聽。

「……樞機大人說，『這種理由說不過去，因為偵探推翻第一個假設時認定了吃掉的豬腳有三十三隻，若是教祖沒出席，信徒總共有三十二人，一人要吃到一隻豬腳，只要殺八隻豬就夠了，那麼偵探說吃掉的豬有九隻以上的論點根本就不成立。』」

「或許是有個愛吃鬼吃了兩隻以上的豬腳。」

「『這只是猜測。別忘了規則，反證必須奠基於確切的事實或證詞。』」

就是這樣……

樞機的指責對偵探來說是個致命傷，因為「一切論述都要和偵探的反證有著相同的前提」。

第一個反證的前提是「教祖參加了晚餐會」，第二個反證的前提是「在少女之後沒有其他人碰過鏡子」，第三個反證的前提是「少年無法在入關儀式之前搬出糧食」。如果否定其中一個前提，等於是在「否定偵探的反證」。

扶琳不禁膽寒。她透過委託人的身影看著樞機。

難道卡瓦列雷一開始就鎖定了這個目標嗎？

仔細想想，前檢察官早就說過，「偵探推翻他的假設」等於是輸了。原來那不是對於偵探的追尋迂迴地提出警告，而是真的如同字面上所顯示──偵探當時的勝利把他自己引入了樞機設下的無限迴圈陷阱。

也就是說，這一連串的比賽「全都是卡瓦列雷為了讓偵探露出破綻而設下的計謀」。

「……不然就改一下第二次反證的根據吧。假如少女用過鏡子之後，少年移動了祭壇『又把鏡子恢復原樣』，那就沒問題了。或者是少年移回祭壇之後，鏡子因為某種巧合而傾斜……」

「『我再說一次，反證必須奠基於確切的事實或證詞。少年既然提醒過少女要記得用布把鏡子蓋好，說他會把鏡子恢復原樣一點說服力都沒有。而後者的巧合無論是人為或是自然造成，也都缺乏立論的根據，會發生這種事幾乎可說是神蹟。總而言之，這種論點太不可信了。』」

「第三項的依據『少年無法在入關儀式之前搬出糧食』不是有些牽強嗎？偷竊是技術的問題，只要想得出方法，偷些糧食又不難，至少我就有自信偷得出來。

說不定是教祖突然大發善心，不忍讓年幼的孩子一起死，所以給了少年糧食好讓他逃走……」

「『教祖一開始就炸毀了村子的出入口，可見他不打算讓任何一個信徒逃走。既然他態度如此堅決，又怎麼可能突然大發善心？

而且，宋儷西，別把普通的少年和妳這種專家相提並論。儲糧室有教祖房間和鑰匙這兩層防守，一個普通少年能偷出糧食的可能性近似於零。

還有，妳可別弄錯了，少年無法在入關儀式之前搬出糧食並不是我說的，而是借用偵探的論點。』」

儷西努力地防守，但三兩下就被樞機輕易地攻破了。試圖抵抗的儷西就像一隻想要吞下大象的小鼬鼠，或是沒發現眼前的敵人只是幻影、使勁咬著一團霧氣的山貓。

「……沒用的。放棄吧，『師父』。」

八星不是對儷西說話，而是出言制止偵探。扶琳疑惑地轉頭望去。

然後她看見了那莽撞的行動。

那是……

——沉思默想（Brown study）。

瀕死的偵探維持橫臥的姿勢按著自己的臉。這是他獨有的思考姿勢，白手套蓋住了翡翠色的右眼。遮住一隻眼是為了排除無關的事物，睜開一隻眼是為了看見隱藏的事物。當他碰上奇妙難解的事，都會擺出這個姿勢開始內觀。

都到這種地步了，這個男人還……

「咦？我說不出口啦，這樣太過分了……」

渡良瀨突然驚聲叫道。

「您之後再自己去確認報告書就好了……什麼？這樣沒有意義？這次的目的就是要徹底擊垮偵探……？」

渡良瀨沉默了一陣子，才勉為其難地開口。

「……對不起，偵探先生，樞機大人有話要我轉告。『偵探啊，你現在性命堪慮，沒必要勉強自己立刻回答，先去接受治療，慢慢地調養，等充分休息過後再來想吧，不分白天黑夜、夏天冬天，直到你化為枯骨為止，都繼續思索那個解不開的謎吧。這是試探神的人應得的報應。神不是用來論證的，而是用來相信的——只要你不肯接受這種混沌，不肯讓傲慢的理性屈服在信德之下，神的祝福就永遠不會降臨到你身上。在地獄裡被永火焚燒吧，上苙丞。』」

……這是詛咒，是卡瓦列雷對偵探施下的詛咒。

為什麼樞機要對偵探如此趕盡殺絕呢？他們兩人之間到底有著多少過節？扶琳實在不明白。

她只知道，偵探輸定了。

的確，這三個前提「如果不推翻其中一個」，就無法解決時間順序上的矛盾。

但若真的推翻了其中一個，偵探就等於「承認了自己的理論有錯」。就算偵探在個別的辯論之中是正確的，既然對方指責他的論點「合起來之後相互矛盾」，他之後就得不斷地檢驗「這次的反證是否又和其他反證產生矛盾」，像卡瓦列雷樞機說的一樣墜入無窮盡的地獄。

若要避免落入這個地獄，偵探就得證明自己的理論沒有錯，是樞機的指責有錯。

但樞機是「以偵探的論點做為立論根據」，偵探怎麼反駁得了他的論點呢……

可是……

別放棄啊，上苙！

扶琳突然開始支持偵探了，會有這種轉變連她自己都很意外。他想要證明的事既無聊又無用，在這充滿無數不幸的世界裡「證明了區區一個奇蹟」又有什麼幫助？

扶琳從不期待機率比中彩券還低的奇蹟，也不相信神的恩寵。有個叫帕斯卡的哲學家分析過信神比不信神來得划算，但她只覺得那種分析應該拿去餵狗。就算是她孤陋寡聞吧，她從未親眼見過奇蹟，「等不到奇蹟出現的人」倒是見了不少，每次看到有人在酷刑中祈求著神的幫助而死去，她感覺到的不是慈悲，而是無情的漠視，所以就算再怎麼拷打她，她也不會相信奇蹟。

但是……

難道他不會不甘心嗎？不會懊惱嗎？他一路奮鬥至今建造出的成果，就要被這半途殺出的瘋子擊垮了耶！

就算是詭辯也無所謂，既然要辯，無論對手是人還是神都辯到底吧，她可不容許他就此乖乖認輸，縮頭縮腦地承認失敗。

再怎麼樣也要回敬對方一箭。讓我看看你的毅力吧，上苙丞！

扶琳懷著祈禱般的心情等待著偵探的回答。

緊張的沉默繼續蔓延，逐漸加深的夜色慢慢淹沒了偵探的身影。扶琳的菸管前端燒出了一支灰柱，在夜風的吹拂之中散落。八星的眼神像是在訴說著什麼，但她咬緊菸管的咬嘴，用眼神堵住了他的話。

最後……

偵探終於開口了。

「我要『補充』我對聯的假設所做的反證。」

＊＊＊

補充？

扶琳的臉色頓時一亮，隨即露出疑惑的表情。

「補充？您要補充對我做的反證？不是收回或訂正？」

八星同樣一臉困惑。扶琳也有同感，她可不覺得此時再加上一兩個補充就能改變什麼。

「渡良瀨小姐……不，卡瓦列雷，你好像有些搞混了……」

偵探被儷西和以前的徒弟扶著，再次坐起來，一雙異色的眼睛炯炯有神地望著委託人。

「我的確說了『少年無法在入關儀式之前搬出糧食』……但前提是『聯的假設是正確的』。如果聯的假設是正確的，教祖真的打算殺死少年，那他就絕對不會把糧食分給少年……」

樞機藉著渡良瀨的聲音回答：

「『那又怎樣？你這話說得沒錯，但從很多地方都能看出教祖確實打算殺死少年。』」

「……喔？譬如呢？」

「『別跟我演戲了，這事我剛才已經說過了，你不可能沒注意到。

教祖一開始就炸毀了村子的出入口，可見他打算殺死所有信徒，少年當然也包含在內，如果他有一絲想要放過少年的念頭，就不會堵住唯一的出入口了。』」

「這就是你最大的疏忽。」

偵探毫不客氣地說。最大的疏忽……？

「教祖炸毀洞門的理由不見得是要防止信徒逃跑。」

偵探用顫抖的手從懷中摸出一樣東西。一條純銀的玫瑰念珠。

「他炸毀洞門說不定是為了『讓信徒離開』。」

如同驅魔一般，他把念珠朝著對方伸出。

「『炸毀洞門是為了讓信徒離開？你在胡說什麼……啊！』」

渡良瀨愕然地驚叫，吃驚的人不知究竟是她還是卡瓦列雷。偵探後繼無力地垂下握著念珠的手。

「……沒錯，卡瓦列雷，你發現了吧。那裡的岩質『脆弱易碎』，或許洞門不是被教祖用炸藥炸毀的，而是『在地震發生之後就崩塌了』。

說不定教祖是『為了把路打通』，才用炸藥去清除堵住洞門的土石，但他不是爆破專家，很有可能炸了之後反而把崩塌搞得更嚴重。少女並不知道原由，會以為『教祖要堵住出入口』也很正常。」

「『你是說，教祖在瀑布乾涸之後打算讓信徒離開？是否參加集體自殺都讓信徒自己決定？』」

「有這個可能。」

「『若是這樣，為什麼少年沒在瀑布乾涸之後立刻離開？若是教祖肯放人，他用不著等到集體自殺，隨時都可以帶著少女逃走啊……』」

「原因多半是他的母親吧。少年一直努力說服自己的母親，而少女的母親也是死都不肯放手。也就是說，在這個教團內和少年少女對立的並不是教祖，兩位母親才是阻礙他們逃脫的枷鎖。」

偵探突然按著胸口，痛苦地扭曲了臉孔。

他俯身調整呼吸，過了一會兒才睜開眼睛，繼續說下去：

「這只是我的猜測，但你應該了解自己的論點不夠嚴謹了吧，卡瓦列雷。

教祖打算殺死少年這個論點是『從聯的假設直接借來的』，所以並沒有什麼問題。但是，卡瓦列雷，你那『反證的反證』提出的時間順序矛盾是來自於你假設『我的反證是對的』。如果我的反證是對的，聯的假設就是錯的，那你也和我一樣，都不能先假設聯的假設正確，再從中推出什麼結論。

既然如此，你只能從『教祖炸毀出入口』之外的根據導出『教祖打算殺死少年』的結論，可是依照我剛才的論述，教祖也有可能打算放信徒離開。比賽規則是『反證必須奠基於確切的事實或證詞』，既然你要提出反證的反證，那我就不得不指控你的論證缺乏根據了。

若是教祖在入關儀式之前發了善心，分給少年糧食，時間順序就變成『搬運糧食』、『最後的晚餐』、『入關儀式』，你說的矛盾也就沒了。就算事實真是如此，我對聯做出的反證也沒有理論上的瑕疵，正如我先前所說的，這個反證只適用於『聯的假設正確』的情況，也就是『教祖打算殺死少年』的情況。

我和你的論點乍看之下是基於同樣的根據，其實完全不一樣，我們是依照不同的根據來導出結論的。以上就是我的回答。」

話一講完，偵探就昏了過去。

＊＊＊

夜晚的公園裡悄然無聲。

「……是的……是的……」

細微的聲音響起。

「……樞機大人有話要我轉告。」

渡良瀨抬起頭來，從階梯上喊著。

「請把剛才的討論補充到報告書裡再寄給他。」

話尾有些顫抖。

「樞機大人會以個人名義召集一個非正式的調查小組，仔細審核報告書的內容，大概要花三個月。審核通過之後，封聖部將重新召開奇蹟審核會，再次討論以前無法判定奇蹟而駁回申請的修女封聖案，如果這次審核通過……」

她喘了一口氣。

「將為聖女路濟亞・拉布里奧拉舉行盛大的封聖儀式。」

渡良瀨走下階梯，來到不省人事倒在八星和儷西之間的偵探身邊，跪坐在地，雙手置於腿上，凝視著偵探毫無生氣的臉龐。

「偵探先生……」

她以柔和的語氣說。

「坦白說，我現在還是不相信奇蹟，還是不相信現實生活中會發生這種事，我也不知道那個女孩說的話有幾分可信。

但是……我承認你確實否定了一切可能性，你確實回應了我的請求，我承認……無論是多麼荒謬的假設、多麼難以解決的矛盾，你都竭盡全力地徹底推翻了。」

然後她彎下腰，雙手按在地面的瓷磚上。

「偵探先生。」

淚水從她的臉頰滑落。

「謝謝你阻止了我。」

說完之後，她深深地低頭鞠躬。

＊＊＊

扶琳抬頭仰望漆黑的夜空。

不知不覺間，月亮已經出現了。在不適合稱為星空的稀疏星點之間，如酒杯般的月亮孤獨地閃耀著。

「青女素娥俱耐冷，月中霜裡鬥嬋娟」——這是晚唐詩人李商隱的詩，他將深秋寒霜和皎潔明月比喻成兩位爭奇鬥豔的仙女，但是連月亮也不知道，今晚在地上也有兩位同名的女人結束了鬥爭。

放棄向莎樂美復仇的女性會有怎樣的結局呢……

這就不是扶琳能得知的了。

【換幕】

——嘿，堂仁……？

「怎麼了，莉世？」

——你的脖子會痛嗎？

「不痛。」

——唔……如果是莉世一定會覺得很痛。為什麼堂仁的頭上包著布？這樣看得到路嗎？

「看得到啊。應該說，就像是從天空俯瞰地面一樣。這該說是鳥瞰圖，還是神的視角呢？啊，莉世，不要把我的頭當球玩，會掉下去啦。」

——嘿！

「就叫妳別玩了嘛。」

——呀！

「我要生氣了喔。」

——啊哈哈……莉世可以把布拿下來嗎？

「別這樣，我不想讓妳看見這醜陋的死相。」

——死相？

「嗯。雖然還沒有死透。」

——……

「嗯？怎麼了，莉世？」

——堂仁也……

「啊？」

——堂仁也會死掉嗎？

「……」

——堂仁也會像大家一樣死掉嗎？莉世會變成孤單一人嗎？莉世會一個人被丟下嗎？

人家不要這樣，人家不想要孤單一人。堂仁，拜託你，也把莉世殺死吧！也把莉世的頭砍下來吧！莉世會忍耐，會像那些大人一樣忍耐的，所以……

「冷靜點，冷靜點，莉世。妳不會變成孤單一人的，沒有人會丟下妳的。莉世，妳還記得我跟妳說過的『斷頭聖人』嗎？如妳所見，我已經變成這種『聖人』了，所以我以後會復活，有朝一日我一定會去接妳的，我向妳保證。」

——堂仁以後……會復活？

「是啊，一定會，我保證。」

——大概是多久以後？

「呃？啊，喔喔……這個嘛，大概是一百年後吧？」

——不行，莉世等不了那麼久。

「沒問題的，時間一下子就過去了……只要妳每天都過得開開心心。所以莉世，妳也要答應我，以後每天都要過得開心，不要因為只剩下妳一個人就覺得寂寞。無論有高興的事或難過的事，妳都要連我那份一起去體驗。對了，妳可以寫日記啊……就像是再見到我時向我報告妳度過了怎樣的人生……」

——莉世每天都很開心啊。

「那就好，妳以後也一定要過得開心喔。」

——堂仁……你不會那麼快死吧？還可以再陪我多聊一下吧？拜託你，不要急著死掉，莉世還有好多話想跟你說……

「好啊，我會盡量陪著妳的。祠廟就快到了，我們可以在那邊繼續聊……喂，莉世……哈哈，妳已經睡著啦。經歷了這麼多事，妳一定累了吧？不對，原來是這個煙……」

第六章　萬分可笑

殺風景的鋁窗之外，是同樣殺風景的灰色街道。

這是如儲藏室一般的公寓房間，治療設備只有一張簡易的鋼管床和點滴架，除此之外都像壁櫥一樣塞滿了各式各樣的物品，譬如大量囤積的寶特瓶、衣服、羽毛被，還有沒有人會去用的健康器材。

反正有個空間讓病人躺著就行了。光看這間病房，就知道這裡的醫生有多少醫療熱忱。剛才那個散漫地進行診療的男人，鐵定每天都用印著「仁心仁術」的衛生紙擦屁股吧。

畢竟這是無照醫生經營的無照診所，只有這點程度的醫療倫理也很正常。

扶琳站在窗邊，看著路上往來的車輛，好一會兒才移開目光，慢慢轉頭望向病床上的男人。

「……為什麼不把報告書寄給卡瓦列雷？」

在軋軋作響的床上，偵探靜靜地笑了。

他赤裸的上半身包著繃帶，吊著點滴，以往的華麗優雅已不復見。大概是因為毒性的折磨，他的面容非常憔悴，那頭註冊商標的藍髮也失去了光澤，就像劣馬的尾巴。

「……我還是不夠格啊。」

偵探自嘲地喃喃說道。

「我知道要如何製造相反密室，但我太執著於少年堂仁和教祖的敵對關係，所以沒有想出這個故事。看來只要扯上奇蹟，我的視野就會變得狹隘……」

「故事？」

「就是推翻不了的假設。結果我還是有所遺漏……虧我之前講得那麼大言不慚，現在就更丟臉了……」

扶琳坐在床邊的鐵管椅上。這個病房大概也被醫生拿來充當衣櫃吧，椅子旁邊放著一個掛滿衣服的衣架，裡面有便宜貨也有高級服飾，但每一件的品味都差到叫人害怕。

「放心吧，我早就覺得你是個丟臉的傢伙了。」

「呃……妳指的是我的打扮嗎？」

「那也是理由之一，總之你的存在就是一件丟臉的事。身為偵探卻相信奇蹟，這簡直是笑話嘛。你乾脆改行當神父或牧師如何？那樣還比較符合偵探的形象。」

「我又不是布朗神父。喂，扶琳，妳應該是站在我這邊的吧？跟大門先生比賽時，妳還拚命地幫我說話呢。」

「那只是充當一下騙徒的同夥。」

扶琳冷冷地說道，偵探無奈地舉起一隻手苦笑，然後他望向天花板，盯著彷彿快要用盡力氣、不時閃爍的老舊日光燈。

「騙徒啊……」

他深深嘆氣。

「光看結果的話，確實是如此……」

偵探曲起一隻腳，把手肘靠在上面，手裡把玩著一樣東西——一條鑲著紅藍寶石的銀製玫瑰念珠。那是偵探隨身攜帶的母親遺物。

遺漏了某種可能性……這是偵探早就經歷過很多次的事。

這個敗筆不像卡瓦列雷最後指出的「時間順序矛盾」，算不上致命傷，只不過是思慮稍有不足，還不至於影響到他長久以來堅持的方法論。

但這只是「免於致命傷」，仍然不能改變他這次「證明奇蹟」再度失敗的事實。他會這麼消沉也是理所當然的。

病房內充斥著寂靜，只能聽見扶琳和日光燈的沉吟。良久之後，偵探像是要承擔起輸家的義務，以沉重的語氣說起了這個「故事」。

＊　＊　＊

如同最後一次反證的內容，我遺漏的正是「教祖幫助少年逃脫」的假設。

我犯了一個大錯。看當時的新聞報導，我以為這個宗教團體只是期待耶穌的復活與救贖的「基督信仰式的末日宗教」，其實這個教團還有一項值得一提的特色。

那就是充斥在這個村子裡的「自我懲罰」氣氛。

表情肅穆的信徒、辛勤且禁慾的生活、簡單樸素的建築和服裝、教團名稱「血之救贖」——對於一個期待著幸福的神之國度來臨的團體而言，這氣氛未免太鬱悶了。

從「信徒都有不堪的過往」這點來看，倒是可以推出一個結論。

這個教團的宗旨並不是「救贖」，而是「贖罪」。

因犯罪而在社會上失去立足之地、卻又無心求死的信徒們，一邊懺悔自己的罪孽，一邊等待著神的制裁……或許這才是成立教團的真正用意。村子裡的「慰靈塔」大概也不是用來祭奠家畜，而是祭奠他們罪行的犧牲者，這樣就能解釋為何教祖向少女解釋時說得不清不楚的了。這也是教義裡要摻進神道的理由，因為神道相信靈魂不死不滅，死者和生者的靈魂是共存的。

聯說得沒錯，村子裡種植大麻的可能性很高，但不見得跟犯罪有關。大麻自古以來就經常被運用在生活之中，它的纖維可以製作繩索和布料，種子可以食用，油可以做為燃料，還有醫療上的效用，物資不足的時候或許也會不得不拿出去賣。總之大麻對於他們的自然主義生活方式確實很有幫助。

此外，大麻和宗教儀式有密切的關係，甚至有人說聖經裡提到的聖油也含有大麻。最後用火燒光村子，還有教祖的自焚，或許就是用這聖油點火來煉淨全村的罪，如同煉獄裡的淨化之火。

現在回頭想想，這宗教的本質應該不是把希望寄託於來世的「希望與救贖的宗教」，而是在現世一邊贖罪一邊等待審判的「絕望與贖罪的宗教」。

這麼說來，教祖幫助少年少女活下去的假設就更合理了，因為他們兩人是「清白無罪」的。只是兩個小孩被丟下可以想見未來會過得多辛苦，而且兩人的母親也希望帶著孩子一起死，所以教祖起初並沒有很積極地想要救他們……說「不在乎」應該更貼切。

辯解就到此為止吧，接下來要說明我推翻不了的假設。

先說事情的經過，從一開始到少年帶著少女逃出聖殿為止，都和回憶的內容大致相同。

但教祖此時「完全支持少年逃走」，所以在入關儀式之前就把糧食給了他，殺死少女的母親之後也沒有立刻接著殺死少女。兩人逃出聖殿時聽見教祖喊的那聲「站住！」，就像聯的假設一樣，不是要阻止少年他們，而是要制止其他信徒追上去。

真正妨礙少年逃脫計畫的不是教祖，而是「兩位母親」。因為少女的母親死都不肯讓少女離開，而少年直到集體自殺即將開始時，都還在努力說服自己的母親一起逃走，但是他的努力不只沒有得到回報，反而成了這場悲劇的導火線……

總之，少年成功地逃出了聖殿，把少女抱到祠廟，把昏迷的她放下來之後，又立刻「往回走」。

＊＊＊

「往回走……？」

扶琳詫異地皺起眉頭。

「你是說他又回去聖殿了嗎？為什麼？既然他已經放棄說服母親，還有什麼理由再回去？」

「他有回去的理由……不，應該說是『有了回去的理由』。為了達到這個目的，少年必須盡快回到聖殿。」

「目的？」

偵探這時停了下來，好像發現了什麼事，他睜大眼睛，抓緊床單。

「原來是這樣……」

「啊？哪樣？」

「我現在才想通，我和卡瓦列雷這次對抗的意義……光靠我的狹窄視野沒辦法找出這個可能性，光靠卡瓦列雷懷疑的目光也只會讓事件越來越撲朔迷離。但是追尋奇蹟的我和懷疑奇蹟的卡瓦列雷一起看，就能找到這個可能性……」

偵探的眼睛失去了焦點，彷彿在作白日夢。

「你明白嗎？卡瓦列雷……我們並不是真的對立，而是『藉著對立共同證明了一件事實』。證明……沒錯，這幾乎等於證明了，因為只有這個解釋才能化解你說的時間順序矛盾。

兩個對立的概念化解了彼此的矛盾，整合到另一個更高層次的概念。這就是黑格爾說的『揚棄』（aufheben）吧。我們以人類的理論探討神的存在，藉著辯證的階梯到達了一個更高貴的真理……」

扶琳默默地抽著菸管，等偵探說到一個段落，才悠然地插嘴說：

「後面的部分我完全聽不懂。你是睡呆了嗎？別再高談闊論了，快解釋吧，少年的目的到底是什麼？」

偵探回過神來，看著扶琳，苦笑了一下，說了句「抱歉」，然後撥起失去光澤的瀏海，垂下眼簾，用深呼吸來鎮定心情。

過了一下子，他才睜開眼睛。

「少年特地跑回不需要回去的聖殿，目的就是……」

他的眼中放出光芒，聲音恢復了力道。

「為了『帶給少女活下去的希望』。」

＊＊＊

少女的回憶之中可能少了一件重要的事。

那就是抱著少女走到祠廟的少年「已經受了瀕死的重傷」。

少年一定是故意裝作沒事的樣子，所以少女沒有發現也很正常。

讓少年受重傷的凶手當然是「他的母親」。回想一下她以前的行為吧，她還曾經拿著菜刀逼自己的兒子選擇要不要死。既然少年的母親如此偏激，就算她「看到兒子要丟下自己逃走就衝動地刺了他一刀」也很合理。

凶器應該是她用來自殺的短刀，如果刺的是腹部，骨頭就不會留下傷痕了。少年受了重傷之後，還是勉強帶著少女逃出聖殿，在這麼危急的時候根本顧不得包紮，聰明的少年一定猜到自己活不久了。

這個少年真的非常體貼，面對如此殘酷的現實，他最先想到的並不是對死亡的恐懼，也不是對母親的怨恨，他只關心一件事——那就是少女莉世。

如果自己死在這裡的話，她會怎麼樣呢？

他已經備好糧食和水，村裡發生火災一定會引起外界注意，少女在餓死之前被救出的機率很大。但是少女的「精神狀態」能撐到那個時候嗎……

少年非常了解少女的個性，就像儷西說的一樣，少女非常「害怕寂寞」，她的本質不像莎樂美，而是茱麗葉或祝英臺。若是少年死了，只剩下她孤零零的一個人，她一定會耐不住寂寞而「跟著自殺」。

所以他一定要給她一些東西。

一定要給她活下去的希望和理由。

少年另一件擔心的事，就是她因教義的影響「把死想得很簡單」。他不該告訴她天國是個「好地方」，以致她尋死的機率提高。這時少年想到，可以反過來利用教義，讓少女「相信復活」。只要讓她以為他「成了聖人」，向她保證自己一定會復活，就能要求她活在世上等待他復活了。

想出這個點子之後，少年馬上加以實行。他抱起少女之前，先對教袍的帽兜做了手腳，讓自己看起來「像是沒有頭的樣子」，又在路上向她保證「自己將會復活」，雖然大麻煙讓少女的記憶變得模糊不清，她還是隱約記得「少年會復活」，這就是她以為「無頭少年抱著自己逃脫」的理由。

少年的意識多少也受到大麻煙的影響，不過這樣正好能減輕疼痛。他腳步蹣跚地把少女送到祠廟，讓昏迷的她躺在地上，又拖著瀕死的身子回到聖殿。

這是他成為「聖人」的最後一個詭計。正所謂溺水的人連稻草都想抓，少年為了達到目的，只能向教祖求助……

＊　＊　＊

「成為『聖人』的最後一個詭計……」

扶琳把煙吹向身邊的衣架，正在那裡結網的蜘蛛驚慌地躲進一件鉚釘皮外套裡。

「是啊，就是因為這樣才會出現『斷頭的屍體』。如果頭還連在脖子上就不算斷頭聖人了，所以少年拜託教祖在他死後砍掉他的頭。」

「……但是聖殿從外面鎖上了，教祖出去砍了少年的頭之後，要怎麼鎖上門再回到聖殿裡呢？而且為什麼要用斷頭臺來製造出不可能的現象……」

「製造不可能現象的理由有兩個，第一是要讓少女相信這是真正的奇蹟，第二是為了避免少女『背上殺人的罪名』。斷頭臺的鍘刀碎片留在遺體上應該只是巧合，若是找不到凶器，一樣不能判定少女殺了人。如果少女沒有用祭壇的刀來殺雞，就能證明祭壇沒有少年的血跡了。

砍頭的方法和我等一下會提到的『相反密室詭計』應該都是少年拜託教祖做的。我現在就說明詭計的內容……」

＊＊＊

少年回到聖殿，打開門鎖，把教祖叫出來。

當時信徒的集體自殺應該結束了，而教祖還沒死的理由可能是還要進行最後的祈禱吧。少年既然是陪同進行儀式的人，當然知道整個儀式的程序。

少年對教祖解釋了目前的情況，拜託教祖幫他完成最後的詭計，說完之後就死了。教祖接受了少年的懇求，把他的遺體搬到斷頭臺砍掉頭，再把身體和頭搬到祠廟，放在少女身邊，然後又回到聖殿。

之後就是老套的上鎖詭計了。門和門都是鐵製的，而門閂是由上往下扣的款式，所以只要用繩索把門閂懸吊在上面就好了，妥當地運用門把和繩索就能做到。

接下來用浸過油的繩索當成導火線，點火之後進入聖殿關上門，等繩索燒斷，門閂就會落下，從外面鎖住門。

這個詭計的好處是就算失敗也可以重來一次，而且火災後來延燒到聖殿，燒剩的繩索只會被當成火災的遺跡。用繩子綁門閂是經典的詭計，有的是用會融化的冰或雪做為支撐，而教祖用的是「鐵門閂、繩索、火」。用這三件神器完成的詭計，正巧和大門先生的詭計如出一轍。

總而言之，教祖用這種方式製造出「相反密室」，然後進行了貨真價實的最後儀式：他跳進護摩火，結束了自己的生命。被斷頭臺斬首的少年抱著少女走到祠廟的奇蹟就這麼完成了。

以上就是我的假設。

＊＊＊

大概是說話耗盡了力氣，偵探一說完就躺在當作靠背的枕頭上。

扶琳恍惚地望向衣架，看見那裡掛著一件過分華麗的鑲金線紫花圖案櫬衫，厭惡地吹去一口煙。

「……這就是事件的真相？」

「我也不知道，我說的只是『可能性』。」

喀的一聲，放在腳邊的電暖爐發出快要故障的聲音。

「水車和慰靈塔呢？那些東西是用來做什麼的？」

「應該是『水車投石機』吧，少年原本打算利用這個裝置逃出去。所以和聯一樣，板車、慰靈塔、繩索、測量小豬尺寸……這些物證的解釋都和宋女士的假設一致。不過，繩索也被用在聖殿的相反密室詭計，而水車投石機裝置應該是少年拜託教祖燒掉的。」

「為什麼要燒掉？」

「因為把裝置留在那裡很危險，繩索如果斷了，重物可能會壓到少女，最壞的情況就是少女變成砲彈撞上山崖。」

扶琳一聽到這理由就笑了。「這根本是保護過度嘛……」扶琳踢了停止運轉的電暖爐一腳，它又動了起來。她奉行的圭臬就是，無論對機械或對人，都要榨乾最後一絲好處。

「這假設聽起來很合理，但還少了一點。少女懷中那個『像頭的東西』到底是什麼？依照你的假設，這次絕不可能是『少年的頭』，還得想出其他的解釋才行。」

「人頭不是滿地都是嗎？」

偵探有氣無力地說道。

「聖殿裡多的是人頭。」

「聖殿……？你是說『教祖砍下的那些人頭』？為什麼這東西會……」

「妳想想少女母親過世的場景：母親的身體先覆蓋在她身上，然後地面傳來撞擊聲。也就是說，少女的母親是以『保護少女的姿勢』被砍頭的。

母親被砍頭之後，少年把少女從她的身體下拖出來，可能因為勾到頭髮而一起帶走了母親的頭，也可能是母親的頭剛好掉進少女的帽兜。總之少年利用這顆頭設下了這次的詭計，之後教祖再把頭帶回聖殿。這與其說是詭計，還不如說是『表演』……」

「母親的頭剛好掉進少女的帽兜？有這麼剛好？」

「我說過了，假設只是『可能性』。只需提出可能性還真輕鬆……」

說完之後，偵探望向灰色的窗外，像是覺得自己先前的反證都是假話。

這就是他對這次失敗的感想吧。難得他能把卡瓦列雷逼到這種地步，結果卻不得不收回勝利宣言，不難想像偵探的心中會有多麼遺憾，扶琳也不是不理解他此時的頹喪。

然而，最奇怪的是……

「你幹麼一副高興的模樣？」

此話一出，偵探驚訝地轉過頭來，說著「有嗎？」，摸摸自己的下巴。

「該怎麼說呢……沒辦法證明奇蹟的確很遺憾，但最後剩下的假設倒是挺感人的。溫柔的少年為了帶給少女活下去的希望，『表演』了小小的奇蹟……事實上，他這個做法確實救了少女，如果事實真是如此，那是非常難能可貴的。」

他若有所思地微笑著。

「教祖帶領集體自殺是很不可取的行為，但是……如果他沒有強迫信徒自殺，最後還追隨了少年的熱心而救了別人的性命，多少也算一點彌補吧。此外，阻撓孩子逃脫的兩位母親也在死前表現出懺悔之意……」

「懺悔？」

「是啊，少女的母親一聽見少女尖叫，就撲過去用身體保護她……之前她可是個『對少女的言行如石頭般毫無反應』的母親呢。少年的母親則是在教祖動手之前就先自殺了，因為他們的教義是『模仿聖人的死法才能上天國』，換句話說，『自殺是得不到救贖的』。刺傷兒子之後，她由衷懺悔自己犯下的大罪，所以才選擇了自我懲罰的道路。

雖說自殺出自懺悔只是我的猜測，而且最後表現出關懷和懺悔也不能抵銷一切的罪……」

他停了下來，望著閃爍的日光燈好一會兒。

「不過，承認自己犯錯是最困難的。而且這個假設除了少年對少女的關愛以外，還得靠著教祖的幫助和少女母親的頭才能成立，因為少年就算用衣服遮住自己的頭，也很難騙過靠得這麼近的少女。

所以……扶琳，妳明白我的意思嗎？一個是處於生死關頭的人，一個是還活著卻決心尋死的人，一個是已死的人，三人都懷著同樣的心思，那就是帶給一個少女活下去的希望。瀕死的少年抱著少女毅然前行的畫面是如此神聖，就像聖經中的一幕。扶琳，妳想像得出那個景象嗎？那真是……」

如夢幻一般顯出翡翠綠和土耳其藍的眼睛看著她，溫和地笑著。

那真是聖者的行進啊。

＊＊＊

過了一會兒，病房的門打開，一個穿著白衣、滿臉鬍碴的中年男子走進來。他若剃掉鬍子應該挺好看的，但那浪蕩的氣質就像警示燈一樣提醒著女人務必提防這個男人。

「……老佛爺，我有一個請求。」

男人一臉不高興地說道。

「怎樣？」

「妳能不能幫這傢伙弄些衣服來？我可不想把自己的內褲借給男人穿。」

無照醫生一邊說，一邊用拇指比了比床上的偵探。

被他指著的偵探看看自己裹在被單裡的身體，然後抓抓裸露在外的肩膀，對扶琳說：

「扶琳啊，不好意思，妳能不能去附近的便利商店幫我買些內褲？」

膽敢說出這話的人應該處以宮刑。

「……給我一百萬的話我可以考慮。」

她深深吸了一口煙，朝著這些不像話的男人吹去。

「如果你需要幫你做這些事的女人，可以把儷西找來啊，除了會有被做成標本的危險之外，她可是個對情人慷慨奉獻的好女人喔。再不然也可以找那個臭屁的小鬼頭，只要發揮你那無用的領導魅力就行了。」

「宋女士回上海處理她不在時發生的內部紛爭了，聯還要回東京的小學讀書，也不能麻煩他，所以只有妳能照顧我了……」

「別說得一副理所當然的樣子。這位蒙古大夫可以借你電腦，你自己上網郵購吧。」

扶琳望向門邊的黑市醫生，用下巴一指，中年男子皺了一下眉頭，但隨即認命地抓著頭走出房間。

他沒多久就帶著平板電腦回來，偵探接過電腦，乖乖地上網搜尋商品。他自己動彈不得，信用卡也被停了，只能選擇貨到付款。

扶琳握著菸管，興致盎然地盯著偵探的側臉。

她觀察著這個男人，就像觀察螞蟻在蟻蛉的沙坑中掙扎，然後她注意到一件事。這個男人不是要證明沒有奇蹟，而是要「證明可能有奇蹟」。

期望著苦難之後會有回報、期待著祈禱得到俯允、期待著救贖的存在、期待著神還沒有捨棄人類……

萬分可笑。他本人是非常認真的，但這就更好笑了。人類本來就是該被神捨棄的糟粕，看看那血腥暴虐、利益薰心、只求自保、冷漠無情，殘酷又滑稽的人類歷史，誰都不會認為人類是高等生物。

如果會為此生氣，乾脆別期待那些愛給不給的恩寵，要捨棄就讓祂捨棄好了。有人過著幸福和樂的生活，有人卻在痛苦不幸之中痛哭，這就是世界的樣貌，多麼地不公平，又多麼地可笑。造出美麗和諧大自然的神為什麼放任人類社會變得這麼不協調？簡直像是蓋到一半就停工的高樓大廈殘骸。

或許這就是神開的最大一個玩笑。

扶琳可不想巴結神明懇求救贖，也不想為不幸的遭遇責怪神的怠慢。面對偵探從前的徒弟時，她確實忘了自己的本分……簡直就是大壞蛋假裝聖人，或是天生的婊子在喜歡的男人面前假裝在室女。但那不過只是一時的失態，她可沒興趣帶著一整晚都說不完的罪孽去告解亭騷擾聽告解的神父。

但是，就算如此。

就算她是這樣的人。

她還是想看看這個男人最後的結局。這是為什麼呢？

＊＊＊

偵探在網路下了訂單後，喘著大氣把平板電腦放在一旁。

然後他沉沉地倒在枕頭上，如釋重負地閉上眼睛。

「不好意思……我有點想睡了。這裡的診療費和住院費就加進我的債務裡吧……」

扶琳瞇起她的三白眼，默默地啣著菸管。

有錢能使鬼推磨——若說她有信仰，對象絕不是神，而是可信的流通貨幣和能保值的貴重金屬。與其要當贖罪券的買方，她寧可當賣家。對不信神的她而言，天上的神有什麼好處她完全不懂，但世上的金錢是多麼萬能、多麼可靠，她再清楚不過了。

只信金錢的她沒興趣為了無聊的賭博和無意義的遊戲散盡寶貴的資產，但是……

「……別在意，這點小錢我來出就可以了。」

這句話脫口而出。

—完—

逆思流

那種可能性我早就想到了
（原名：その可能性はすでに考えた）

作者／井上真偽　譯者／ＨＡＮＡ
發行人／黃鎮隆　副總經理／陳君平
副理／洪琇菁　國際版權／黃令歡
執行編輯／呂尚燁　美術編輯／方品舒
企劃宣傳／邱小祐
發行／英屬蓋曼群島商家庭傳媒股份有限公司城邦分公司　尖端出版
台北市中山區民生東路二段一四一號十樓
電話：（〇二）二五〇〇－七六〇〇（代表號）
傳真：（〇二）二五〇〇－一九七九
中彰投以北經銷（含宜花東）／楨彥有限公司
電話：（〇二）八九一九－三三六九
傳真：（〇二）八九一四－五五二四
雲嘉經銷／威信圖書有限公司　嘉義公司
電話：（〇五）二三三－三八五二
傳真：（〇五）二三三－三八六三
客服專線：〇八〇〇－〇二八－〇二八
南部經銷／威信圖書有限公司　高雄公司
電話：（〇七）三七三－〇〇七九
傳真：（〇七）三七三－〇〇八七
香港總經銷／城邦（香港）出版集團有限公司
香港灣仔駱克道１９３號東超商業中心１樓
電話：（八五二）二五〇八－六二三一
傳真：（八五二）二五七八－九三三七
E-mail：hkcite@biznetvigator.com
馬新經銷／城邦（馬新）出版集團　Cite(M)Sdn.Bhd.
E-mail：Cite@cite.com.my
法律顧問／王子文律師　元禾法律事務所
台北市羅斯福路三段三十七號十五樓
二〇二〇年七月一版一刷

版權所有・翻印必究
■本書若有破損、缺頁請寄回當地出版社更換■

SONO KANOUSEI WA SUDENI KANGAETA
© Inoue Magi 2015
All rights reserved.
Original Japanese edition published by KODANSHA LTD.
Tranditional Chinese publishing rights arranged with KODANSHA LTD.

本書由日本講談社正式授權，版權所有，未經日本講談社書面同意，
不得以任何方式作全面或局部翻印、仿製或轉載。

■中文版■

郵購注意事項：
1. 填妥劃撥單資料：帳號：50003021戶名：英屬蓋曼群島商家庭傳媒(股)公司城邦分公司。2. 通信欄內註明訂購書名與冊數。3. 劃撥金額低於500元，請加附掛號郵資50元。如劃撥日起 10～14日，仍未收到書時，請洽劃撥組。劃撥專線TEL：(03) 312-4212 ・ FAX：(03) 322-4621。E-mail：marketing@spp.com.tw

國家圖書館出版品預行編目資料

那種可能性我早就想到過了 / 井上真偽 著；
HANA 譯. --1版. --臺北市：尖端出版, 2020.07
面； 公分. --(逆思流)
譯自：その可能性はすでに考えた
ISBN 978-957-10-8921-8(平裝)

861.57　　109004798